Guillaume Muringa

IRRESPONSABLE

Nul n'est censé ignorer la loi

Ignorantia legis non excusat

« Ce livre est une œuvre de pure fiction. Les personnages et les évènements étant imaginaires, toute ressemblance avec des personnes en vie ou des situations existantes ou ayant existé ne serait que simple coïncidence. »

À ma femme Alice ; pour tout ce tu es et fais pour moi
À mes enfants Bettina, Samuel et Daniel ; parce que je dois
grignoter sur votre temps

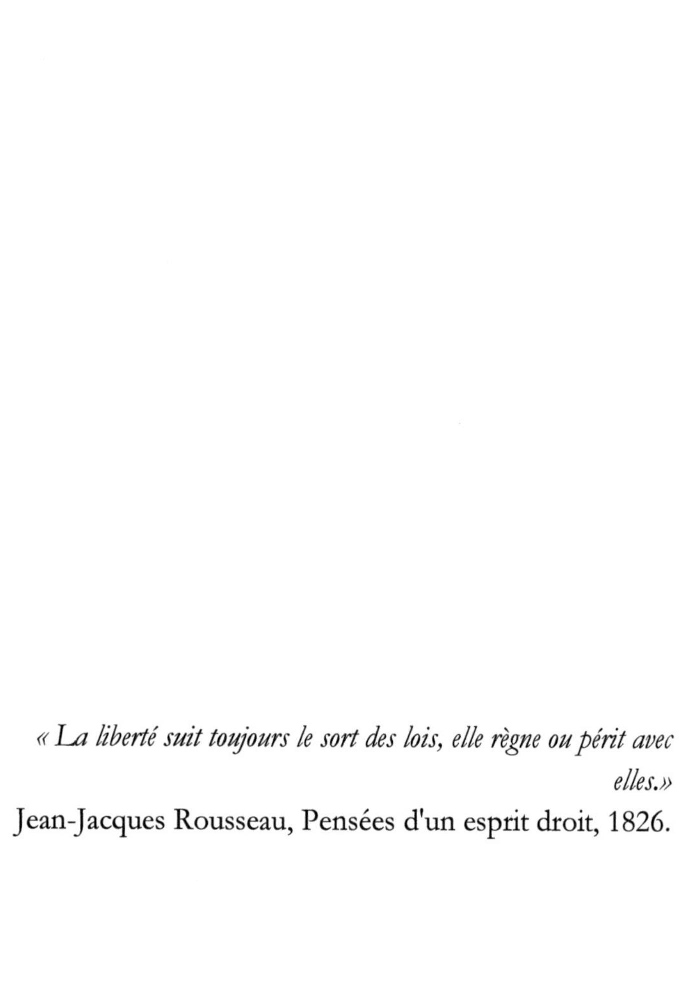

« La liberté suit toujours le sort des lois, elle règne ou périt avec elles.»

Jean-Jacques Rousseau, Pensées d'un esprit droit, 1826.

Prologue

Le verdict tombe…

Au bout de prises de sang interminables, le docteur s'installa dans le fauteuil à côté de mon lit. Voulant se détendre, il posa le dossier volumineux sur la table et prit appui sur les accoudoirs.

Bras croisés, je le regardais sans le voir, tel un accusé attendant son verdict. Aucun indice dans ses yeux. Juste un homme impassible, ayant l'expérience d'annoncer des mauvaises nouvelles aux patients.

-	J'ai deux nouvelles pour vous, commença-t-il.
-	Toutes mauvaises ?
-	L'une est bonne, l'autre moins bonne.
-	Commencez par la meilleure !
-	La bonne nouvelle, nous avons finalement trouvé la maladie qui vous complique la vie depuis quelques mois.
-	Vous êtes sûr ?
-	Tout à fait. La moins bonne, cette maladie est incurable au jour d'aujourd'hui.
-	Au moins, vous savez ce que j'ai !
-	Mais nous ne savons pas ce qu'il faut faire !

Sur un bout de papier, il écrivit le nom de cette peste : *sclérose latérale amyotrophique, SLA.* Je n'en avais jamais entendu parler.

La maladie s'était manifestée six mois auparavant, quelques semaines après mon second emprisonnement lorsque ma famille s'apprêtait à jouir du bonheur d'être enfin réunie.

Tout avait commencé lors d'un match de basket quand, sans raison apparente, je trébuchai sur moi-même. Ce fut impossible de continuer à jouer, je me dis que la défaillance était due à de simples crampes.

Très vite, je compris qu'une maladie grave rongeait mon corps. Marcher devint difficile, je devais me servir de béquilles puis d'une chaise roulante. Mes mains ne m'obéissaient plus et tout d'un coup, ne servirent plus à rien. Comme un bébé, on devait me nourrir, m'habiller, me laver et me gratter, faire tout pour moi !

En ce moment, quatre ans plus tard, mon corps est presque complètement paralysé. À travers la couverture, les os de mon squelette sont visibles. De mes 110 kg, il ne m'en reste plus que cinquante.

Néanmoins, ma tête est claire et fait la part des choses comme toute autre personne normale. Je ne peux plus parler, mais j'entends comme avant. Ne pas parler me fait mal, ma femme et mes trois enfants n'arrêtent pas de me dire combien ma voix leur manque.

Mon seul moyen de communication est un écran d'ordinateur que j'actionne par le mouvement de mes yeux. C'est étrange, j'utilise mes yeux à la fois pour voir et pour parler. De la sorte, je peux surfer sur internet, regarder des films et lire des livres. Je reste cloué au lit toute la journée et toute la nuit. Ma vie ne tient qu'à un fil. Plus exactement, une machine qui me fait respirer. Mon diaphragme est fichu depuis longtemps et ne peut pas être remplacé. Si l'on débranche le respirateur, ma vie s'arrête à la même seconde.

Chaque minute est un combat, je suis totalement dépendant des autres. Je suis conscient que ma vie et ma mort ne sont plus séparées que par un mur en carton. Je dois être constamment sous surveillance, 24 heures sur 24, 7 jours sur 7. Je ne peux pas rester seul plus de 30 minutes, car j'ai besoin d'être aspiré. Sinon, les secrétions de muqueuses dans ma trachée m'étoufferaient.

Mes nuits sont des calvaires, car je ne peux pas me retourner. Combien de temps peut-on dormir dans une même position ? La plupart du temps, je ne dors que sur mon dos, en position semi-assise. Par conséquent, ma peau est morte sur une hanche laissant place à une grande plaie béante.

***

Nuit au grand jour

Aujourd'hui, 20 mars 2015, un évènement fait la une de tous les médias : une éclipse de Soleil s'est produite sur une grande partie de l'hémisphère nord. Elle a été totale pendant plus de deux minutes à Svalbard, l'archipel norvégien. Le soleil et la lune se sont confondus, comme deux âmes qui se disent oui. Des milliers de touristes sont venus de près et de loin pour assister à ce phénomène exceptionnel. Une légende de mon pays dit qu'une éclipse solaire annonce une grande catastrophe. Inutile de chercher à savoir laquelle.

Le point culminant de la journée a été la célébration d'anniversaire de mon fils ainé. Dix ans déjà ! Je me souviens du jour de sa naissance comme si c'était hier. Je suis parvenu à ne pas pleurer. Je me suis juré de ne plus pleurer devant mes enfants, je ne veux pas leur laisser un souvenir d'un père malheureux.

Je le sais depuis longtemps. L'une de mes plus grandes faiblesses, c'est de ne pas oser montrer mes faiblesses. Mais aujourd'hui, j'ai failli me trahir. Quelque chose me dit que cet anniversaire est son dernier que j'ai célébré. Je suis fatigué, je veux tout lâcher pour être enfin libre. Mais la voix de ma femme me ramène à la raison : « *On ne saute pas d'un train en marche, surtout pas dans un tunnel. Il faut attendre qu'il s'arrête. En plus, la mort est une question de temps pour tout le monde !* »

Comme elle aime le faire, ma femme m'a fait une douche avec un torchon. Seul avec elle je peux pleurer. Elle se penche vers moi et me regarde dans les yeux.

- T'es mon héros et ma salade préférée, je resterai toujours à tes côtés quoi qu'il arrive !

- Ma famille est ma motivation. En vous regardant, je me sens un peu mieux. L'amour est plus fort que la vie, il voit les choses qui ne sont pas comme si elles étaient, répondit mon cerveau en silence.

À 20 h 15, ma famille doit quitter l'hôpital. Le cœur lourd, je souris intérieurement quand chacun me fait la bise. Cette sale maladie peut briser mes muscles, mais elle n'atteindra jamais mon esprit de père qui aime sa famille.

Le plus dur, c'est quand la porte se ferme. Seul face à ma maladie. Je sais qu'à tout moment, je peux actionner le bouton rouge si j'ai besoin d'aider. Pourtant, sa vue est insupportable. Il me rappelle que je ne suis capable de rien, que je suis juste un grand bébé.

Mon plus grand souhait serait de voir mes enfants assez grands pour leur expliquer ce qui m'est arrivé et leur dire ce que j'ai appris de la vie. Mon cœur me dit qu'il est temps de dormir, mais ma tête ne tient pas en place. Mes pensées tournent en boucle, sans trouver de remède à mes préoccupations. Je sais que c'est parfois difficile de faire face au passé, mais moi, c'est mon futur qui me fait mal.

Et comme un film au ralenti, ma vie antérieure commence à défiler dans ma tête. La plupart des plaies de mon passé se sont cicatrisées, mais certaines ont laissé des marques indélébiles. En images, je vois des moments trop beaux pour être oubliés, d'autres trop beaux pour être vrais, mais aussi des étapes moins belles.

Entre autres, j'ai un trou dans ma vie ; une période de quatre ans dont je ne suis pas fier. J'aurais aimé faire demi-tour pour aller l'effacer ou tout simplement la sauter. J'aurais bien voulu commencer par la fin, mais ma tête décide de commencer par le commencement et choisit elle-même la séquence : comment j'ai échoué en Norvège, comment j'ai survécu à un vol à main armée,

comment j'ai été marié deux fois et comment j'ai survécu
à deux emprisonnements.

Surtout, je m'entends dire à mon fils de 10 ans :

« *Fiston, promets-moi de ne pas commettre la même erreur que moi. Veille à ne pas te heurter à la loi. Surtout, sache que personne n'est censé ignorer la loi !* »

PREMIÈRE PARTIE

Ma vie avant la prison

CHAPITRE 1
Qui suis-je ?

Souvent quand je n'ai rien à faire, je me pose cette question. Qui suis-je finalement ? Suis-je seulement un père, un fils, mon nom, mon passé, mon présent, mes sentiments ou ma profession? Je suis arrivé à la conclusion que je suis la somme de tout cela, parce que c'est la somme qui compte à la fin, pas les détails. Une chose est sûre, je ne suis pas seulement ce que j'ai. Mon être ne dépend pas de mon avoir.

Je suis originaire d'un petit pays appelé Burundi, situé en Afrique centrale selon certains, en Afrique de l'Est selon d'autres. Cela est sans importance pour moi. Disons simplement qu'il est situé entre les deux géants plus visibles : la RDC (République démocratique du Congo) et la Tanzanie. Ensemble avec la RDC et le Rwanda, mon pays fut une colonie belge, raison pour laquelle j'ai hérité le français.

Mon nom complet est Jean Claude Miracle Butoyi, JCMB en abrégé. Mon nom de famille Butoyi signifie « le plus jeune jumeau ». Mon grand-frère jumeau, né seulement vingt-trois minutes avant moi, s'appelait Bukuru « le jumeau aîné ». Lui et papa furent tués dans un accident de voiture lorsque je n'avais que onze ans. Nous (papa, Bukuru et moi) avions passé la nuit à Bukeye, village natal de papa, où nous étions allés participer aux cérémonies de mariage de notre oncle Stanislas, petit-frère à papa. Maman était restée à la maison à Bujumbura, la capitale du Burundi. Elle avait jugé le trajet en voiture très fatigant pour une femme enceinte de sept mois.

L'accident eut lieu à environ 30 km de Bujumbura. Dans un tournant, notre voiture dérapa, fit une demi-douzaine de tonneaux, mais fut immobilisée par un grand rocher. J'apprendrais plus tard que papa et mon frère jumeau furent tués sur-le-champ. Peut-être qu'ils n'auraient pas été éjectés de la voiture s'ils avaient mis leurs ceintures de sécurité. Je m'en sortis avec deux côtes cassées, une jambe fracturée et une bosse au front dont je porte toujours la cicatrice. Rien, ni personne n'est parvenu à m'expliquer comment je fus le seul survivant, un miracle sans doute. D'où mon deuxième prénom « Miracle » donné par ma mère après l'accident.

Depuis ce jour, je suis persuadé que je n'ai pas échappé à la mort pour rien. Je me considère rescapé pour accomplir une mission sur cette terre. Je ne la connais pas encore, mais quelque chose me dit qu'elle me sera révélée un jour et que je ne mourrai pas sans l'avoir accomplie. Chaque jour que je trompe la mort me rapproche davantage de la révélation et l'accomplissement de ma mission.

Ma mère et moi fûmes dévastés les années suivantes. Tout d'un coup, je n'avais plus mon frère jumeau avec qui j'avais été habitué à tout faire ensemble. À l'époque, je ne comprenais pas les implications de la perte de papa sur maman. Mais actuellement, je comprends ce qu'elle a dû endurer et les sacrifices qu'elle a faits pour nous élever : moi et mon petit-frère Emmanuel qui naquit le jour de Noël cette même année.

Quelque temps après, elle décida de ramasser les morceaux et continuer à affronter la vie. C'est ainsi qu'elle jura de ne plus se remarier et d'aller à la messe tous les dimanches. Un soir, assis devant la porte de notre maison et ne prêtant pas attention aux moustiques qui me piquaient, j'essayais de tuer le temps. La tête entre mes genoux et complètement perdu dans mes pensées, je sursautai lorsqu'une main douce se posa sur mon épaule.

- Mon trésor, je sais que notre situation n'est pas facile pour toi non plus. Mais je te jure, rien ne changera, vous ne verrez jamais un seul jour sans pain !

Les années suivantes ont beaucoup influencé ma personnalité. J'appris à vivre avec amertume et vivre avec des questions sans réponses. J'appris très tôt à me battre contre la vie et à ne laisser rien m'intimider. J'appris également à ne compter que sur moi et me battre jusqu'à la dernière goutte de sueur ou de sang s'il le faut.

Au fur et à mesure que les années passaient, je m'habituai à penser de moins en moins à notre accident. Cependant, une préoccupation ne cessait de hanter mon esprit. Je me demandais si l'alcool avait joué un rôle dans notre accident. J'essayai de me persuader le contraire même si je savais que papa avait bu plus de trois litres de bière. De peur de salir sa mémoire et par respect aux morts, j'ai décidé de ne plus me laisser tourmenter par cette hypothèse.

Des années passèrent, je réappris à sourire et à mener une vie tranquille avec les deux autres membres de ma famille : maman et mon petit-frère Emmanuel. Ceux qui ont dit que la foudre ne frappe pas au même endroit deux fois n'ont pas tout à fait raison. Le malheur frappa notre famille une deuxième fois et même une troisième. Mon petit-frère s'enrôla dans l'armée parce que, disait-il, il voulait lutter contre l'injustice mondiale. Cela s'avéra ne pas être une bonne idée, il fut tué au combat deux années plus tard. Son corps, même pas un doigt, n'a jamais été retrouvé pour être enterré avec dignité. Je devins enfant unique, vivant avec une mère célibataire, chef de famille.

Je n'étais pas préparé à ce qui allait suivre. La gifle finale survint quelques mois après, quand ma mère mourut subitement d'un cancer de pancréas qu'elle avait ignoré depuis longtemps. Pendant des années, elle s'était plainte d'une douleur à l'abdomen, tantôt du côté droit, tantôt du côté gauche. Parfois, celle-ci se faisait sentir aussi au dos. Et pourtant, après tant d'examens et tant d'argent dépensé, les médecins n'avaient rien trouvé.

Je me recroquevillai sur moi-même, riais très rarement et avais très peu d'amis. Je finis par être convaincu qu'une malédiction cachée voulait exterminer notre famille. Je continuai de vivre tant bien que mal en attendant mon tour. Mais au lieu de baisser les bras, je choisis de me battre et faire face à la mort que je croyais me guetter. À ma grande surprise, elle ne vint pas et elle n'est pas encore venue. J'espère de tout mon cœur qu'elle prendra très longtemps. Et si cela ne dépendait que de moi, je souhaiterais qu'elle ne vienne jamais.

CHAPITRE 2
Épine dans la chair

Depuis deux ans, mon bateau de la vie avait finalement accosté en Norvège. Mon avenir devenait de plus en plus moins sombre même si j'étais au chômage. Le seul boulot que j'étais parvenu à décrocher avait été être remplaçant d'été, notamment dans une boutique de station de service Shell.

Après des études de comptabilité, j'avais essuyé de multiples rejets d'embauche. Raison souvent avancée : je ne parlais pas assez bien le norvégien. J'aurais dû choisir un métier manuel ne nécessitant pas l'usage de la parole. Autre raison, manque d'expérience en comptabilité. Comment pouvais-je acquérir une expérience alors que personne ne me donnait la chance de travailler ?

Pourtant, j'avais travaillé pendant 5 ans comme avocat en *Afrique*, comme certains aimaient dire. J'avais beau leur répéter que l'Afrique est un continent et pas un pays, que tous les Africains ne se ressemblent pas, qu'ils ne savent pas tous danser, qu'ils ne courent pas tous vite ou qu'ils ne sont pas tous pauvres, les gens ramenaient ces stéréotypes dans les conversations.

La fin de l'été signifiait la fin de mon contrat dans cette boutique à la sortie de l'autoroute E39, à Stavanger. Un jeudi qui s'était bien passé tourna au cauchemar. À 22 h 30, ma collègue Nina faisait les décomptes du jour. Je l'appréciais beaucoup, elle était l'une des rares personnes qui me parlaient avec intérêt au travail.

- T'es pas à moitié endormie aujourd'hui, contrairement aux autres jours à cette heure-ci ? Elle sursauta.

-       C'est sans doute les cuisses de grenouille que tu m'as offertes cet après-midi !

-       Content que tu les aies aimées !

-       Tu bosses après demain ? me demanda-t-elle subitement.

-       J'en sais rien encore, tu sais que je suis un bouche-trou.

-       Tu viendras donc à mon annif ?

La sonnerie du détecteur de mouvement ne me laissa pas le temps d'y réfléchir. Une personne poussant une poussette bébé venait d'entrer.

- Vous deux, les mains en l'air ! vociféra l'homme, pistolet collé sur ma tempe. Un autre homme cagoulé fit irruption.

- Toi, grand noir, face à terre ! Et toi blondine, ouvre le coffre !

Immédiatement, les consignes apprises pendant mon service militaire s'imposèrent dans ma tête. Ne pas résister, garder mon sang-froid, pas de mouvement brusque, pas de remarque provocatrice et surtout ne pas essayer de jouer les héros.

Malheureusement, Nina n'avait pas lu mes pensées. Profitant d'une seconde d'inattention quand les deux hommes vidaient le coffre, elle courut vers la porte. Je tentai de l'attraper à la volée, mais deux détonations assourdissantes déchirèrent la pièce.

À l'hôpital, les médecins réussirent à retirer la balle de 9 mm de ma cuisse droite. Les premiers jours, mon corps était tellement en douleur qu'il faillit se désintégrer. Les jours suivants, tout mon être était traumatisé. Nina fut moi chanceuse. Elle mourut le lendemain, la balle à la poitrine avait fait des dommages irréversibles. Quelle ironie du sort, elle décéda la veille de son anniversaire !

Ça me fait de la peine de savoir que les deux dingues qui avaient failli me tuer ne furent jamais arrêtés. Les appels à témoin et les empreintes digitales laissées sur la poussette utilisée pour dissimuler leurs armes ne donnèrent aucun résultat.

CHAPITRE 3
Rencontre avec ma première femme

ivre seul commençait à me déranger et y remédier commençait à sembler impossible. De ma véranda, la vue était à couper le souffle. Souvent le soir, j'y restais des heures à méditer en contemplant au loin le coucher du soleil sur la ville de Sandnes, de l'autre côté du fjord *Gandsfjorden*.

Je louais un joli appartement dans le complexe de *Sandvikbakken* en périphérie de Sandnes, compté de Rogaland dans le sud-ouest de la Norvège. Elle est la ville sœur de Stavanger, située à moins de 20 km. Certains disent qu'un jour, elles vont finir par fusionner. Nos appartements étaient perchés sur le flanc d'une falaise. Parfois, je me demandais ce qui arriverait en cas de tremblement de terre. Je n'avais d'autre choix que faire confiance aux ingénieurs et architectes qui avaient étudié le terrain et construit ce complexe.

Comme je le faisais une fois les deux semaines, je venais de nettoyer soigneusement mon appartement. J'en étais fier, ça sentait la propreté partout. Depuis 30 minutes, mon ventre ne faisait que protester contre la longue attente que je lui avais imposée. Heureusement, j'avais toujours une pizza au congélateur ou des nouilles quelque part dans une armoire de cuisine. Après le repas, rien de prévu. Peut-être dormir, peut-être regarder un film ou peut-être lire un livre. À vrai dire, je m'ennuyais à mourir ce samedi d'automne. On sonna à la porte.

-      Ça va *kompis*, t'attends quelqu'un ou quoi ? Ça brille ici ! Qu'est-ce que t'as prévu de faire ce soir ?

-      Euh... rien de spécial.

-       Alors, enfile un jeans et on va secouer la petite Sandnes comme d'hab !

-       Mauvaise idée *kompis*, j'ai une migraine, mentis-je.

-       Ou bien, t'as une autre raison que tu ne veux pas me dire ? Tant pis pour toi, j'allais te présenter des dames charmantes. Faut s'amuser quand on est célibataire !

Charmantes ou pas, je m'en fichais éperdument. Ce que je voulais moi, c'était du travail. Je voulais gagner mon pain à la sueur de mon front. Certes, la charité sociale me donnait assez pour vivre, mais je voulais me nourrir moi-même, par le travail. De mes propres mains et de mon propre cerveau ! Qui a dit que l'oisiveté est mère de tous les vices ? C'est facile de succomber à des tentations si tu n'as rien à faire. C'est de cette façon que j'avais commencé à abuser de l'alcool.

Au départ, je sortais sans raison, juste parce que je ne voulais pas rester à la maison. Des gens comme Magnus, l'ami qui voulait me présenter de charmantes dames ce soir-là, m'avaient vite adopté dans leurs groupes. Ensuite, ma vie devint tout autre. On s'enivrait jusqu'à perdre le sens de l'équilibre. Après la fermeture des bars à deux heures du matin, on vagabondait dans les rues de Sandnes jusqu'au petit matin. Magnus n'avait pas grand-chose à perdre. Il avait dépassé la cinquantaine, avait deux grands enfants, avait divorcé deux fois et vivait dans son propre appartement. Mais qu'est-ce que j'avais accompli, moi ?

Lorsque j'avais réalisé que consommer l'alcool était devenu un moyen de noyer mes soucis, je m'étais rappelé les mots de mon père : « *Méfie-toi de l'alcool. N'essaie pas de noyer tes problèmes dans l'alcool, ils referont surface peu après, ils savent bien nager. Aussi, on peut facilement passer de l'usage à l'abus sans s'en rendre compte.* » Depuis ce moment-là, je pris la résolution d'éviter la mauvaise compagnie.

Depuis quelque mois, je jouais à la loterie pour maximiser mes chances de gagner de l'argent. J'aimais la devise de l'une des sociétés de loterie : *« Tu ne joues pas, tu ne gagnes pas. »* Bien évidemment, j'aurais mieux aimé *« Tu joues, tu gagnes »*. Jusque-là, je n'avais rien gagné. Il me manquait toujours un petit chiffre. Si un jour je gagnais un million, que ferais-je de cet argent ? Sans doute, finir avec les petites dettes et oublier le calvaire de chercher du travail pendant au moins une année. Bien sûr, je m'offrirais des vacances dignes de ce nom. La sonnette de ma porte m'arracha de mes rêveries. Surtout pas Magnus qui revenait m'importuner.

- Je peux entrer ? demanda la femme dans l'embrasure de la porte.

- Bien sûr.

- J'espère que je ne dérange pas.

- Pas du tout. J'étais là à ne rien faire, juste perdu dans mes pensées.

- Désolée de te demander à la dernière minute. Un collègue célèbre son anniversaire ce soir. Au départ, je ne voulais pas y aller. Par après, j'ai appris que tous les autres y seront, sauf moi. Je ne veux pas être taxée d'antisociale. Pourrais-tu garder ma fille juste deux heures, de 17 h à 19 h ?

- T'as pas besoin d'insister, je suis libre toute la soirée. Tu peux rester jusqu'à la fin. Je pourrai la mettre au lit et attendre ton retour.

- Merci beaucoup, mais promets-moi de me dire si j'abuse de ta gentillesse.

Leanne était canadienne et travaillait chez Statoil, une compagnie pétrolière norvégienne. Elle venait de

Toronto, parlait anglais, mais parlait aussi bien français. Sa famille avait déménagé d'un village du Québec quand elle avait 6 ans. Elle était ingénieure en exploration et production du pétrole. Son poste était au siège de Statoil, Forus à Stavanger. J'avais fait sa connaissance une année avant, à la cantine de *Statoil* où j'avais travaillé pendant deux mois comme remplaçant d'été. Je m'apprêtais à lui servir de la soupe lorsqu'elle me demanda en français :

« *Pas de lait dedans ?* »

Elle m'avait entendu parler à un Français deux minutes auparavant. Une semaine plus tard, je la croisai à l'entrée de notre complexe à *Sandvikbakken*.

-      Je crois vous avoir rencontrée avant ? avais-je demandé en fouillant dans ma mémoire.

-      Je crois aussi, Statoil peut-être ?

-      Probablement, habitez-vous ici ?

-      Oui, troisième étage. Et vous ?

-      Deuxième étage.

Elle vivait avec Zoe, sa petite fille de 5 ans. Elle n'avait jamais dit un mot à propos de son père. Je n'avais jamais cherché à savoir. J'avais vite sympathisé avec Zoé, elle n'hésitait pas de toquer chez moi pour me demander de l'accompagner promener leur chien Jeko. Ce samedi, je lui fis la proposition de faire une petite promenade en prenant des photos, direction Sandnes. Elle sauta instantanément de joie. C'était un bel après-midi d'automne. Le temps était plutôt doux. Avec un peu de chance, on allait jouir, pendant une heure, des derniers rayons du soleil de ce jour. Progressivement, les couleurs flamboyantes des arbres firent disparaître ma mélancolie.

Elle marchait lentement, en grande partie parce qu'elle n'arrêtait pas de me poser des questions : « *pourquoi les chiens ne portent pas de chaussures, pourquoi le soleil ne tombe pas du ciel…* » J'essayais de lui donner les réponses les plus raisonnables possibles, mais à la plupart de ses questions, je répondais « *tu comprendras quand tu seras grand.* »

Le virage devant nous nous empêchait de voir plus loin. Le long de la route, des yachts privés étaient amarrés. Ils appartenaient sans doute à des personnes plus fortunées que moi. La grande circulation de voitures était anormale pour un samedi soir. La limite de vitesse était 60 km à l'heure, mais visiblement, certains ne respectaient pas les panneaux de signalisation. Surtout, ceux qui écoutaient leur musique trop fort. Je pensais particulièrement à une BMW qui venait de nos dépasser lorsqu'un grand boum se fit entendre au-delà du virage. Je pressai le pas.

Ma stupéfaction fut grande une fois là-bas. Aucun véhicule en vue. Je ne vis rien qui puisse expliquer le boum. Ou presque rien. À part une chaise en bois au bord de la route. Avait-elle un rapport avec le boum ? Impossible de dire. En regardant à droite, je pus voir des traces de pneus.

Oh non ! Une voiture avait échoué dans l'eau. La belle BMW qui avait capté mon attention se trouvait au fond du fjord. Heureusement, à quelques mètres du bord. À en juger par la couleur de l'eau, le véhicule devait être à une profondeur d'un peu plus de deux mètres. Température de l'eau ? Je misai sur 5 °C, il en faisait 12 à l'air libre. Je n'avais pas de brevet en sauvetage aquatique, mais j'avais appris les principes de base. De toutes les façons, je n'avais pas de choix. Assistance à personne en danger obligeait.

-     Zoé, assois-toi et ne bouge pas d'ici. Je vais sauver quelqu'un. Je reviens dans quelques minutes. OK ?

- OK.

Et si la personne était très lourde ? Et s'il y avait plusieurs passagers ? On verrait bien. Pour ne pas être lourd dans l'eau, je me débarrassai de ma jaquette et mes chaussures. Et hop, plongeon ! Un coup d'œil dans les pédales suffit pour me rendre compte que la jeune fille en mini-jupe était sur le point de geler complètement.

La portière refusa de s'ouvrir. Est-ce que c'était l'eau qui l'en empêchait ou bien elle était verrouillée ? Pas d'eau dans la voiture et je ne vis qu'une seule personne. Je tirai sur la poignée trois fois sans succès. La passagère tourna sa tête vers moi avec un air terrifié. Je lui indiquai d'utiliser la ResQMe sur le porte-clés de la clé de contact, mais elle ne semblait pas comprendre. Tout d'un coup, une sensation de compression derrière ma tête et d'étourdissement me prit. Je compris que j'étais à court d'oxygène. En gesticulant, je lui indiquai que je montais, mais que je reviendrais sous peu. Une grande déception se dessina sur son visage.

Quarante-cinq secondes plus tard, j'étais de retour sous l'eau et armé d'une pierre pour casser la vitre. J'avais beaucoup d'obstacles à surmonter. Je faisais face au siège passager, plus proche du bord de la route. Contourner pour aller sauver la jeune femme du côté chauffeur présentait beaucoup de risques : manquer d'oxygène en cours de route ou être entrainé par la voiture au ventre du fjord. J'étais conscient que je disposais de très peu de temps. L'eau ne tarderait pas à envahir la voiture une fois la vitre cassée. Sans mentionner la vie de la passagère qui serait en danger.

À ce moment précis, je réalisai que la passagère n'était pas tout à fait seule. Sur le siège arrière, un garçon d'environ 3 ans tenait sa poupée Mickey et me regardait avec de grands yeux effrayés. La situation devenait compliquée. Par qui fallait-il commencer ? La jeune femme serait tuée par l'eau envahissant la voiture. Je pris une décision à risque : sauver tous les deux en même temps. La vitre vola en éclat. Je libérai d'abord l'enfant et le plaçai sur les genoux de la passagère. À l'aide du petit appareil ReSQme, je coupai la ceinture de sécurité et trois bonds plus tard, nous étions à l'air libre. Dix secondes de plus et mes poumons explosaient.

Zoé était toujours assise au même endroit et fut troublée à la vue des deux corps à même le sol. En quelques mots, je lui expliquai la situation et elle fut d'accord d'essayer d'alerter les passants. Je savais qu'il ne faut jamais faire vomir la victime, plutôt s'assurer qu'elle respire. La cage thoracique de l'enfant se soulevait faiblement. Par contre, celle de sa mère, je supposais, ne donnait aucun signe de vie. Un bouche à bouche d'urgence s'imposait. Tête en arrière, menton soulevé, je couvris sa bouche par la mienne en lui insufflant de l'air. Rien ne se passa. Je repris l'exercice et je vis sa poitrine faire de petits mouvements de bas en haut.

Zoé avait réussi à alerter un homme qui avait immédiatement appelé les secours. Il fallait qu'ils arrivent vite sinon, on risquait de mourir de froid. Nos habits étaient tous mouillés. La jeune femme grelottait déjà. Je la couvris de ma jaquette restée à terre, lui fit porter mes chaussures et me permis de masser légèrement ses mains. Le pauvre enfant ne faisait pas de progrès. Je le pris dans mes bras pour le mettre sous la jaquette à côté de sa mère, mais me rendis compte qu'il ne se respirait plus. C'était impossible de maintenir tous les œufs en l'air. Je m'apprêtais à lui faire un bouche-à-bouche lorsque les secours arrivèrent enfin.

L'ambulance emporta tous les deux à l'hôpital. La jeune femme survécut tandis le garçon succomba en cours de route. En plus de l'hypothermie, il avait eu un choc à la tête lorsque la voiture avait freiné brusquement. Il n'était pas son enfant, mais celui d'une amie. Elle avait l'habitude de le garder lorsque sa mère travaillait les week-ends.

Ce samedi-là, elle le ramenait à sa mère. Elle devait passer par une boutique acheter des couches. Au moment de l'accident, elle essayait de lui envoyer un SMS pour lui demander quelle taille acheter. Elle avait les yeux fixés sur l'écran de son téléphone lorsqu'une chaise tomba de la remorque devant elle. Son permis fut confisqué pendant 3 ans et deux ans pour celui du chauffeur du véhicule avec remorque. Dommage, la jeune femme n'avait pas eu le temps de jouir de son permis, elle l'avait acquis seulement huit mois auparavant. Elle n'avait pas encore acheté sa propre voiture, la BMW appartenait à la mère de l'enfant. Ce qui expliquait peut-être son ignorance de l'utilisation de l'appareil ResQMe.

Elle mit très longtemps avant de se pardonner de cette erreur qui avait emporté la vie d'un être humain. Pourtant, sa mère ne cessait de la rassurer. « *L'erreur est humaine, c'est persévérer dans l'erreur qui est diabolique.* »

CHAPITRE 4
Début ensoleillé

Depuis six ans, je menais une vie paisible à Stavanger, cette jolie et exceptionnelle ville portuaire que certains surnommaient « capitale pétrolière de la Norvège » et qui à ce titre, hébergeait beaucoup d'étrangers.

J'étais marié à la jeune femme que j'avais repêchée du fjord huit ans auparavant. À peine sortie de l'hôpital, elle avait cherché à rencontrer son sauveteur. Loin d'être un hasard, je crois que le destin l'avait placée sur mon chemin ce samedi. Déjà le soir, ce fut clair pour moi que quelque chose s'était passé dans ma vie. J'avais la sensation d'avoir tourné une page. Elle m'avait sauvé d'un trou noir. J'avais commencé à me demander si je serais un jour heureux, si j'avais droit au bonheur comme tout être humain.

Peu de temps après, j'avais trouvé du travail et nous avions déménagé de Sandnes à Stavanger. Nous avions un garçon adorable de 5 ans.

Ce jour-là et comme nous le faisions souvent, nous revenions de notre tour familial autour du lac *Mosvatnet*, ce beau petit lac, d'environ 3 km de circonférence, situé au centre de Stavanger. C'était le dernier jour du mois d'août et nous profitions du beau temps ; ciel dégagé et une température juste au-dessus de 10 °C. Pour moi, le temps était idéal pour faire du jogging.

Juste avant l'arrivée, un joggeur surgit d'un tournant. Avec un signe de la main, je lui dis « *Hei !* »

-       Pourquoi tu le salues, le connais-tu ? demanda ma femme.

-     Ai-je besoin de le connaitre pour le saluer ? Je pensais que c'était l'une des règles principales de politesse.

-     Combien de fois t'ai-je dit que la politesse ici a d'autres règles ? Être poli ici, c'est ne pas déranger l'autre. Saluer, c'est déranger. Cela peut être perçu comme une intrusion dans l'espace privé !

-     *Come on*, il comprend ! question de solidarité entre joggeurs. Nous sommes compagnons en douleur, non !

-     Peut-être qu'il est timide ou tout simplement de mauvaise humeur !

Lorsque nous étions à trois, ma femme et moi courions tandis notre fils faisait du vélo. Mais de temps en temps, nous l'envoyions jouer avec un copain de classe qui vivait non loin de chez nous. Cela nous permettait de n'être que nous deux et faire du jogging plutôt en amoureux.

Notre fils s'appelait officiellement Olav Christopher, mais tout le monde l'appelait Coco. Ma femme et moi avions eu des difficultés de nous mettre d'accord sur un prénom à lui donner. Finalement, nous avions décidé de lui donner les prénoms de nos pères respectifs, le père de ma femme s'appelait Olav et le mien s'appelait Christopher. C'était moi qui avais commencé à l'appeler affectueusement « Coco » par allusion à Jean Claude Jr.

Ce petit être était devenu le nombril de notre foyer. Il était le fruit d'un amour persévérant et qui avait surmonté tant d'obstacles sur son passage. La couleur de sa peau était quelque part au milieu des couleurs des peaux de ses parents. Il agrémentait notre vie et nous essayions de lui donner notre amour. Je l'aimais beaucoup et faisais tout mon possible pour être le père exemplaire que je n'avais pas connu en grandissant. Je voulais être son meilleur ami, être là pour lui lorsqu'il avait besoin de moi.

Il m'appelait *le meilleur papa* du monde et moi le *meilleur fils* dans tout l'univers. Je n'étais pas sûr s'il comprenait que mon univers était plus vaste que son monde comme il se l'imaginait à son âge. Je savais qu'il comprendrait quand il serait grand. Ces mots me faisaient un tel effet que je sentais mon sang circuler plus rapidement dans mes veines.

Ma femme, Heidi, était l'une des personnes les plus gentilles sur terre. Elle parlait des gens sans arrière-pensées, sans préjugés. Tout le monde avait le bénéfice du doute jusqu'à preuve du contraire. Elle me rappelait souvent que j'étais son ange gardien pour l'avoir sauvée de la noyade.

Elle était grande et blonde ; plus ou moins la description stéréotypée d'une fille scandinave dans les livres que je lisais pendant ma jeunesse. J'étais seulement 10 cm plus grand qu'elle. Pourtant, je mesurais 1,97 cm. Plus jeune, elle avait envisagé une carrière en handball, mais avait laissé tomber à cause d'un problème récurrent au genou gauche. Moi aussi, j'avais voulu devenir basketteur professionnel, mais sans succès. Mais je jouais toujours au basket avec des amis une fois par semaine. Ce qui m'avait le plus marqué, c'était quand ma candidature pour devenir pilote de chasse avait été rejetée parce je dépassais la taille maximale requise.

À peine entré dans notre chambre après ma douche, je fus étreint doucement par deux longs bras qui m'étaient familiers.

- Chéri, merci d'avoir cru en moi et de m'avoir encouragé. Je n'étais pas sûre de pouvoir y arriver.

Le contact entre nos peaux alluma un désir si intense que j'oubliai un moment ce que j'avais promis à ma femme. Je lui avais promis de monter la nouvelle garde-robe dans la chambre d'amis. À cet instant-là, je n'en avais ni l'envie ni la force. Le désir me persuada que ça ne vaut pas la peine de faire aujourd'hui ce que l'on peut faire demain. Je devais d'abord parer à l'urgence, la garde-robe pouvait attendre.

Je me rappelai tout de même que Coco n'était pas encore couché et qu'il devait être au salon en train de regarder la télévision. Discrètement, je verrouillai la porte.

Notre lit bouillonnait d'amour. Je bavai intérieurement et je brûlais d'envie. Après sa douche, Heidi sentait en même temps la fraicheur et la propreté. Nos corps étaient en feu. Sans doute, les préliminaires avaient commencé plus tôt pendant notre jogging lorsque nos corps se frôlaient l'un contre l'autre. Ou lorsqu'en courant devant moi, j'admirais sa silhouette de poire, mes pensées suivant le rythme de ses hanches bondissantes. Quand je vins vers elle, je me réjouis de constater que l'incendie avait causé une grande inondation.

« Que de bonheur en cet instant précis, immergé dans ce petit lac intérieur regorgeant d'eaux thermales ! » Il m'avait beaucoup manqué. Pour des raisons de santé, je n'y avais pas mis le pied depuis trois mois.

Deux heures plus tard, je trouvai Coco endormi au salon, la télécommande entre ses mains. Je ne voulus pas le réveiller pour lui brosser les dents, sauter une fois n'était pas grave. Je le portai dans mes bras et allai le coucher dans son lit. Je le fixai longuement avant de déposer un bisou sur son front.

Nous passâmes le reste de la soirée à regarder Tristan et Iseult. Juste nous deux et la plupart du temps nous étions entrelacés. Heidi s'endormit dans mes bras avant la fin du film. Je la soulevai à son tour et la déposai dans notre lit. Je la contemplai un long moment, déposai un bisou sur ses lèvres et m'installai à côté d'elle. Pendant quelques minutes, je pensai à ma vie antérieure, mais décidai d'éteindre mon cerveau lorsque je me souvins de la façon dont j'avais été dégoûté par la vie.

Le lendemain, nous fîmes réveillés par une voix douce.

- Quelqu'un peut me donner à manger, j'ai très faim ! Coco se tenait debout devant notre lit.

- Viens d'abord nous embrasser ! Je n'avais même pas fini ma phrase quand il sauta au milieu de nous.

- Bien dormi ?

- Non, j'ai fait un cauchemar.

- Et... ?

- J'ai vu un Tyrex qui poussait une maison.

- Je t'ai dit d'arrêter de regarder ces dinosaures ! Tu l'as vu où ?

- À la télé hier soir.

- À propos, ne nous as-tu pas entendus quand maman et moi jouions dans notre chambre ?

- Hier ?

- Oui, quand que tu regardais la télé.

- Non, j'ai juste entendu le Tyrex. Papa, je peux aller jouer avec mon ami Noah ?

- Non, pas aujourd'hui.

- Pourquoi pas, s'il te plait... !

- Parce que nous avons de la visite. Tu te souviens de Marius et Andrea ? Ils vont venir avec leurs parents aujourd'hui.

- Quand aujourd'hui ?

-       À 15 heures.

-       Très bien, donc j'ai du temps pour aller jouer avec Noah avant qu'ils viennent ?

-       Non, mon petit ! Maman et moi serions très occupés pour te déposer ou venir te chercher.

-       OK, d'accord. Samedi prochain alors, Noah est mon meilleur ami.

-       J'sais et c'est promis.

-       Et tu sais que ce n'est pas bon de mentir ?

-       Tu sais bien que papa ne ment pas !

Ces derniers jours, nous devrions être prudents avant de lui promettre quoi que ce soit. Nous devrions être sûrs de tenir nos promesses de peur d'être taxés de menteurs. Si nous n'étions pas sûrs, nous devrions utiliser le mot « peut-être » et lui répéter que ce mot est différent de « certainement ». Il devait comprendre que dans « peut-être », « oui » et « non » avaient des chances égales.

Le petit-déjeuner fit court ce samedi-là. C'était pourtant une belle journée ensoleillée et le météorologue avait annoncé une température qui pourrait atteindre 18 °C. Une si haute température n'était pas très fréquente fin août dans cette partie du pays. La température normale à cette période de l'année était autour de 13 °C. Certaines années, il pouvait faire la même température aux mois de mai, juin, juillet, août et début septembre surtout quand l'été n'avait pas été bon.

De toutes les façons, l'été n'était presque jamais assez chaud pour moi à Stavanger. C'était dommage, j'aimais beaucoup nager dans l'océan. De temps en temps, nous osions nager malgré l'eau glaciale. Je faisais quelques brasses et sortis de l'eau en grelottant. Sans oublier le problème des méduses, des dizaines de milliers nous envahissaient chaque été. Un jour, j'avais rebroussé chemin à la vue d'une marée animale orange. Deux jours avant, j'avais vu un homme hurler de douleur après avoir été touché par des tentacules de méduse.

Pour nager en tranquillité, nous devions quitter l'Ouest et nous rendre à l'Est, près d'Oslo ou plus à l'intérieur. La côte Est avait beaucoup d'endroits superbes pour nager : l'eau y était bleue et non salée, pas de méduses, ni de vent. Le vent était l'autre facteur, à part la pluie, qui faisait que je me plaise moins à Stavanger. Presque chaque jour, le vent soufflait et je ne sentais pas le soleil qui brillait. J'avais l'impression qu'il faisait plus froid qu'en réalité. En plus, les étés n'étaient pas toujours ensoleillés. Je me contentais d'admirer les vagues qui s'écrasaient sur les côtes rocheuses de l'océan.

Autre souci de l'Ouest, la pluie. Il pleuvait presque tous les jours et je haïssais me trimballer tout le temps avec un parapluie. Cet été, le mois de juillet n'avait connu que 6 jours sans pluie, les 25 jours restants avaient été des jours de pluie. En cas de combinaison de vent et de pluie, le parapluie n'était pas de grande utilité. Cela m'irritait lorsque je devais accompagner mon fils jouer alors qu'il faisait un temps affreux. Je dus m'habituer à mettre un imperméable qui était efficace contre en même temps le vent et la pluie. Ma femme m'avait appris l'adage norvégien « *il n'existe pas de mauvais temps, mais plutôt de mauvais habits* ».

Néanmoins, Stavanger avait un autre côté qui me plaisait. Comme il pleuvait beaucoup, le paysage était toujours vert en été. En hiver, il neigeait peu et la neige disparaissait rapidement après quelques jours. Je n'aimais pas la neige sur mon chemin, j'aimais seulement la contempler de loin sur les montagnes. J'avais toujours le souvenir de ce matin d'hiver où je m'étais cassé le bras.

Après une chute brusque, j'avais perdu le sens d'orientation. Comme tout autour de moi était couvert de neige, je ne pouvais plus savoir où j'allais ni d'où je venais.

L'idée d'émigrer vers la région Est m'effleurait occasionnellement l'esprit. D'ailleurs, mon médecin m'avait prévenu que mon asthme risquait de s'aggraver à cause du climat humide de Stavanger et m'avait conseillé de déménager vers l'Est où il faisait un climat plus sec. Ce n'était pas si facile que ça : j'avais une maison, un travail, une femme et un enfant là-bas dont il fallait prendre en considération. Je chassais l'idée à chaque fois qu'elle venait et essayais plutôt de me focaliser sur les avantages de Stavanger.

À Oslo, les hivers étaient plus froids et il neigeait plus. En automne et au printemps, les matins et les soirs étaient plus froids. Les deux régions avaient chacune ses avantages et ses inconvénients. En y réfléchissant, j'entendais la voix de ma mère *« on ne peut pas tout avoir dans la vie, après avoir fait un choix, ne regarde plus ce que tu n'as pas choisi ! »*

Après avoir mangé, je me sentais lourd et j'avais envie de m'allonger au salon. Je venais d'y passer à peine cinq minutes que la voix de ma femme me tira de mes pensées.

- Coucou, arrête de rêvasser ! Nous devons dépêcher, je veux que tout soit prêt avant l'arrivée des visiteurs !

Ma femme était une excellente cuisinière, tout à fait mon contraire. Mes premiers jours en tant que célibataire furent difficiles, mais j'avais appris à me débrouiller au fur du temps. Au début, je ne pouvais préparer qu'une omelette nature, une sauce à la tomate et aux oignons mal coupés. Ma femme préparait essentiellement des plats norvégiens, en me laissant y apporter ma touche à moi.

Entre autres, je préparais des repas gras avec un peu d'épices piquantes. Nos visiteurs adoraient goûter à la diversité. C'est ainsi que par exemple ce jour-là, je devais préparer une sauce rouge de viande de porc à l'ail, des pommes de terre sautées et des beignets pour le dessert, en plus d'un gâteau traditionnel qu'elle avait préparé la veille.

Ce que j'adorais en elle, c'était sa manière de s'organiser de façon que « *tout soit prêt avant que les visiteurs n'arrivent* », pour reprendre ses mots. Les gens ici sont ponctuels, parfois très ponctuels. La ponctualité coule dans leur sang, elle est ancrée dans leur culture. Chez le médecin, j'avais souvent vu des gens arriver 30 minutes avant leur rendez-vous. Et ils passaient tout ce temps restant à lire un journal en attendant leur tour. Un jour, j'ai demandé à une dame que je connaissais pourquoi elle arrivait toujours si tôt, elle me répondit que c'était très stressant de courir à la dernière minute.

En général, les gens arrivent au rendez-vous quelques minutes avant. Ils savent que tout le monde peut être en retard une ou deux fois pour des raisons incontournables, mais les retards répétitifs sont mal vus. Ma voisine d'en face disait que le climat y joue un grand rôle. Elle affirmait que les gens qui habitent dans des régions froides marchent rapidement, ne font pas la sieste et sont ponctuels.

Peut-être, elle avait raison. À Bujumbura où j'avais grandi, je n'avais presque jamais été dehors à 13 h à l'âge adulte, je faisais la sieste. Les gens marchent lentement comme s'ils ont tout leur temps et ils arrivent très souvent avec un retard académique d'une heure.

Au début de mon mariage avec Heidi, la ponctualité avait été un sujet constant de dispute jusqu'à ce je comprenne que les choses devaient changer. Je choisis des astuces qui me permirent de m'adapter à mon nouveau mode de vie. Malheureusement, je les appris à mes dépens. Un jour, je devais prendre l'avion pour Oslo participer à une conférence. Comme d'habitude, j'avais prévu tout juste le temps nécessaire pour conduire jusqu'à l'aéroport. Après 5 km, j'eus une surprise désagréable. La route était fermée à cause d'un accident de camion, j'étais obligé de faire un détour. Pour pouvoir attraper l'avion avant son décollage, je n'avais qu'une option : dépasser la vitesse limite autorisée. Résultat, je vis mon permis de conduire confisqué pour une longue année. Je dus payer une grosse amende et par-dessus tout, je ratai mon avion. Heureusement, je ne fus pas emprisonné.

Depuis ce jour-là, je compris que j'avais un problème auquel je devais remédier. La guérison n'est pas possible quand on ignore que l'on est malade. Aujourd'hui, je suis complètement guéri, je prévois plus que le temps nécessaire et j'en profite pour lire tranquillement un livre.

Le nettoyage de notre maison me prenait environ deux heures. Pour ne pas m'ennuyer, je mettais de la musique. Je ne dérangeais personne, je savais que ma femme était à la cuisine et Coco dehors en train de jouer sur le trampoline. Lorsqu'il se sentait seul, il allait se chercher un compagnon dans les environs. Mais il savait qu'il devait demander la permission avant d'aller où que ce soit. J'avais presque fini lorsque je l'entendis s'adresser à sa mère :

- Maman, est-ce que je peux aller faire du vélo avec mon ami Stephen et aller jouer dans la cour de notre école ?

- Pas de problème. Mets ton casque et file ! Mais, tu sais que vous n'avez pas la permission d'aller plus loin que l'école.

L'école Storhaug, portant le même nom que le quartier dans lequel elle était située, était juste à 300 m de chez nous. Le gamin avait l'air très pressé. Il fit un bisou à sa maman et était sur le point de partir quand je l'interpellai.

- Pas de bisou pour moi ?

- Dépêche-toi, mon ami m'attend dehors ! Je m'inclinai, lui fis la bise et la porte claqua derrière lui. Je retirai mes gangs et me dirigeai vers la cuisine.

- J'ai pas voulu te contrarier devant le petit, mais tu n'aurais pas dû le laisser partir. Tu sais bien que je m'inquiète quand il est seul, sans adulte à sa surveillance. Imagine-toi, s'il est kidnappé !

- *Come on* ! Nous sommes en Norvège ! C'est quand la dernière fois tu as entendu parler d'un kidnapping d'enfant ici ?

- Je ne me souviens pas, mais ce genre de chose peut arriver n'importe où.

- Dans la plupart des cas, il s'est avéré que l'un des parents était complice.

- Peu importe, on parle de mon fils, je dois prendre toute précaution.

- Sois tranquille, rien ne va lui arriver ! Le risque d'un kidnapping ici est de loin minime par rapport au risque d'être tué dans un accident de circulation routière. Allez, un bisou et retourne travailler !

CHAPITRE 5
Visite salée

À 15 h moins deux minutes, personne. Vingt minutes plus tard, toujours personne. La famille Melheim était composée de quatre personnes : papa (Leif), maman (Isabella), un garçon de 6 ans (Marius) et une fille de 4 ans (Andrea).

\-   D'habitude, les Melheim sont très ponctuels. Faut-il les appeler ? demanda ma femme.

\-   Pas nécessaire, attendons encore un peu ! N'oublie pas que la pauvre femme a besoin de s'habituer à sa maladie.

\-   La vie est parfois cruelle, la pauvre n'a même pas mon âge, mais tous ses reins sont foutus !

\-   Et ses pauvres petits !

\-   Non ! Isabella, si jeune, si belle ! Pourquoi la mort s'attaque-t-elle toujours aux mauvaises personnes ?

\-   Personne ne mérite de mourir dans ces conditions ! Le monde est comme ça ; certaines personnes sont en bonne santé, d'autres malades ou handicapées, certaines sont riches d'autres pauvres, certaines heureuses, d'autres malheureuses…

\-   Maman, on sonne à la porte, fit Coco de sa chambre.

La famille Melheim était au complet, ou presque.

\-   *Velkommen* !

Et des *klem* norvégiens, une sorte d'accolade joue-contre-joue ; ensuite trois bises, une sur une joue et deux sur une autre, entre Isabella et moi, comme ça se fait chez nous ; mélange de *klem* et bises pour certains et rien de la part des timides.

-	Désolés pour le retard ! Leif est à son bureau, il avait un truc à terminer absolument. Je l'ai appelé mille fois, je tombe toujours sur son répondeur. Il ne va pas tarder à arriver sans doute!

Les enfants voulurent aller jouer immédiatement, mais n'eurent pas la permission. Ils s'assirent au salon, le temps pour Coco de déballer les cadeaux lui apportés.

Leif était un ingénieur informaticien suédois qui travaillait dans le secteur du pétrole en Norvège. Isabella était elle, originaire du Rwanda, pays voisin du Burundi, mon pays d'origine. Leif et Isabella s'étaient rencontrés à Stockholm, le jour de mariage de Gunnar, un ami de Leif. Isabella était juste venue soutenir sa cousine qui se mariait à Gunnar, et retourner reprendre son travail d'infirmière à Kigali, au Rwanda.

Pendant le dîner, la déesse de l'amour avait décidé de placer Leif et Isabella à la même table, face à face. Leif fut instantanément frappé, comme par la foudre, par le charme naturel de cette femme. Dans ses propres termes, *« il n'avait jamais été si envouté par une femme »*. D'ailleurs, il l'appelait sa BMW, Black Magic Woman, signifiant « Femme Noire Magique ».

Personne ne pouvait s'imaginer la tournure qu'allaient prendre les événements. Leif prit un congé d'urgence de quatre semaines pour partir avec Isabella chez elle. De retour en Suède, ils étaient mari et femme. En quatre semaines, ils avaient parcouru en course marathon les grandes étapes conduisant au mariage chez elle : présentations chez les parents, dot et cérémonies de mariage. Apparemment, ils avaient l'air heureux ensemble. Selon les dires d'Isabella, Leif était un mari aimable et patient : compréhensif et surtout lent à la colère.

Après quelques instants, ma femme nous invita à table avant que la nourriture ne se refroidît.

- Et si l'on passait à table, fit-elle, surtout à l'endroit des enfants.

- Bonne idée, répliqua Isabella.

- Et Leif ?

- Nous allons manger sans lui, rétorqua-t-elle en essayant d'étouffer sa frustration.

Je dus apporter deux chaises supplémentaires, deux enfants n'avaient pas de place autour de la table à manger.

- Wow ! s'écria Isabella à la vue des sambusa que j'avais préparés moi-même.

- C'est quoi ces trucs ? demanda Andrea.

- Ce sont des beignets triangulaires, répondit sa mère.

- Qu'y'a-t-il dedans ?

- Viande hachée, ail et oignons.

- Je n'aime pas les oignons, moi ! Prends-en un et goûte ! coupa sa mère.

Les autres enfants mangeaient déjà et semblaient pressés pour aller jouer dehors.

- Miam-miam ! À en juger par l'odeur… ! fit Leif en enlevant ses chaussures dans l'embrasure de la porte.

- Faut jamais juger ni par l'apparence ni par l'odeur ! Entre, on allait commencer ! répliqua ma femme.

Leif mordit dans le sambusa que son fils lui tendait. Il n'eut pas le temps de mâcher…

- Tu nous dois au moins une explication, qu'est-ce que tu foutais ? lui lança sa femme mauve de colère.

- Je bossais.

- Avec téléphone éteint ?

- La batterie est déchargée ! Il savait comment calmer sa femme.

-       Batterie ou téléphone, tu ne répondais pas !

-       Pire, j'ai eu une panne bête à 5 km d'ici. Tu sais que je fais le plein dimanche après-midi. J'allais le faire demain.

-       Et où est la voiture ?

-       Là-bas.

-       Là-bas où ?

Il recherchait quoi lui répondre quand Marius fit irruption.

-       Maman, ça recommence avec Andrea !

-       Vite ! Amenez son kit-injection et sa pompe d'asthme, ordonna son père en courant.

La pauvre petite se démenait comme un possédé. Elle s'agitait dans tous les sens, elle se retournait sur le ventre, sur le dos et sur le côté. Elle cherchait à respirer en se relevant. Son père, en toute tranquillité, lui administra une injection à la cuisse et elle se calma.

-       Elle est allergique aux œufs, j'ai oublié de vous le dire.

Le repas se déroula dans une ambiance festive avec les cris et questions des enfants. Après le dessert, les deux garçons coururent dehors comme s'ils n'attendaient que ça. Ils eurent droit à 30 minutes de foot sur un terrain non loin de chez nous. Andrea, elle, resta collée à sa mère, mais la crise était finie.

Quant à nous les adultes, nous nous installâmes à la véranda, chacun avec sa tasse de café et son morceau de gâteau. Nous passâmes notre après-midi à causer tranquillement.

À un certain moment, sans nous en être rendu compte, nous avions formé deux groupes. Ma femme parlait à Leif et je parlais à Isabella. Quoi de plus normal ! Un Norvégien avec un Suédois et un Burundais avec un Rwandais.

Comme ça, je pouvais parler ma propre langue maternelle à Isabella. Ma langue était un peu différente de la sienne, mais elle comprenait presque tout. Peut-être, comme le suédois et le norvégien.

Nous étions totalement plongés dans nos conversations lorsque nous fîmes interrompus par les pleurs d'Andrea.

-    Maman, Marius me manque.

-    Ça va mon trésor, il va arriver bientôt. D'ailleurs, les deux garçons devraient être ici.

-    T'en fais pas Andrea, je vais les chercher. Tu veux venir avec moi ? Je me disais qu'un peu d'air frais lui ferait du bien.

Elle fit non de la tête.

-    Je pense qu'elle est fatiguée, c'est bientôt l'heure de se coucher.

Au terrain de foot, aucune trace des deux garçons. Je fis un tour du terrain, mais personne.

« Où est-ce qu'ils pouvaient être ? Coco sait bien que je n'aime pas ça. » Stephen et un copain surgirent à vélo.

-    Dis Stephen, t'as pas vu Coco par ici ?

-    Il était ici tout à l'heure avec son copain. Ils m'ont dit qu'ils descendaient à la foire regarder le grand carrousel.

-    Ils n'en avaient pas le droit !

-    J'en sais rien moi. Je leur ai dit que je voulais pas y aller.

À peine mis mon casque, je passai à la vitesse supérieure, j'avais la sensation de pédaler dans le vide. Je devais descendre jusqu'au bras du fjord et traverser le pont. De loin, je vis une longue file de véhicules. Une fois à la sortie du tunnel *Storhaugtunnelen*, ça devint clair que la cause de cet embouteillage monstre était un accident. La police essayait de disperser les curieux qui s'étaient agglutinés. Sur la pointe de mes pieds, j'essayais de voir ce qui se passait. Un petit corps gisait sur le passage sur piétons. Un autre petit corps, enveloppé en aluminium jaune, était assis non loin de là.

« Oh non, il me semble avoir déjà vu ces chaussures ! »

-       Papa, c'pas de ma faute, je t'assure !

-       Hush ! J'sais, mon trésor !

-       Êtes-vous son père ? demanda une ambulancière en salopette rouge.

-       Vous le voyez bien, Madame !

-       Il a eu de la chance lui, il avait déjà traversé la route. Par contre, l'autre garçon doit être hospitalisé.

Un policier s'approcha de nous.

-       Monsieur, nous avons essayé de vous joindre au téléphone…

-       Je ne sais même pas où il est. Dites-moi plutôt ce qui s'est passé !

-       Les deux garçons traversaient le passage pour piétons à vélo quand celui de derrière fut percuté par une voiture qui tentait un dépassement très risqué.

-       Et comment va Marius ?

-       C'est difficile à dire à ce stade. Il a perdu connaissance, mais on espère que sa colonne vertébrale n'a pas été touchée.

Aussitôt dit, aussitôt fait. Marius fut immédiatement mis sur un brancard et embarqué dans une ambulance. Quand Leif et Isabella furent informés, je vis des parents dévastés. Ils ne pouvaient pas se permettre un autre drame dans leur famille. Isabelle se tourna vers moi, me fixa dans les yeux et me demanda dans sa langue maternelle :

-    Nous allons à l'hôpital maintenant. Crois-tu que mon fils va pouvoir encore marcher un jour ?

Une boule dans la gorge m'empêcha de répondre. Elle comprit qu'elle m'avait posé une question difficile. Leif s'en rendit compte et vint embrasser sa femme, elle ressemblait à une colombe avec une aile cassée. La pauvre n'avait même pas eu le temps de digérer le verdict de son cancer. Ils étaient venus avec deux enfants, ils rentrèrent seulement avec un.

« *Nous n'avons pas d'autre choix, nous devons nous battre* » lui murmura-t-il à l'oreille.

Ce samedi avait été une longue journée avec beaucoup d'obscurité. Après la vaisselle, nous étions fatigués tous les deux. Je devais me coucher tôt, le lendemain je devrais m'envoler à mon lieu de travail.

Cependant, nous avions établi une habitude chez nous, une sorte de règle non écrite. La veille de mon départ au travail, nous devions nous dire au revoir en amoureux, seule la maladie pouvait être acceptée pour déroger à la règle. Entre nous, la fréquence ne constituait pas un problème, rien n'était de trop, nous ne faisions qu'obéir à nos cœurs. Juste profiter des merveilles de la vie de chaque jour, le lendemain ne nous appartenait pas. Nous nous étions convenu d'enterrer la hache de guerre, dans l'espoir de ne jamais la déterrer. Elle devait rester sous la terre et se rouiller pour l'éternité. Cette nuit pouvait être la dernière ensemble. Et si l'hélicoptère qui m'amènerait à mon travail le lendemain s'écrasait dans la mer ? Et si une tempête renversait la plateforme sur laquelle je travaillais ? Et si, et si….. ?

Cette soirée ne fit pas exception à la règle, on eut droit à un massage mutuel pendant deux bonnes heures. De retour sur planète terre, mes muscles étaient détendus et avaient oublié la fatigue de la journée.

Le lendemain matin, elle m'apprit que quand j'avais commencé à ronfler, elle me coucha sur le ventre, la tête tournée sur un côté, un bras plié à côté de la tête et un autre le long du corps. Elle me mit la couette, exactement la position dans laquelle que j'aimais dormir !

CHAPITRE 6

Salaire de rêve

Je travaillais comme soudeur sur une plateforme pétrolière sur la mer du Nord, à 150 km de la côte. Rien à voir avec ma formation professionnelle antérieure d'avocat. J'avais été membre du Barreau du Burundi pendant 5 ans, mais travaillai principalement pour Avocats Sans Frontières dans le cadre de l'assistance juridique aux populations vulnérables. Pas très grave, j'étais content de faire d'autres découvertes.

Je travaillais deux semaines et me reposais pendant trois ou quatre semaines. Sur la plateforme, je commençais mes journées de travail à 6 h 30 du matin et les terminais généralement vers 19 h, autour de 12 heures après, sauf en cas d'imprévu. Parfois, je travaillais aussi la nuit. Mon trajet maison-travail, aller-retour, se faisait toujours en hélicoptère, ce qui donnait une vue spectaculaire des paysages en dessous. J'adorais la vue lointaine des fjords, des montagnes toujours enneigées ou tout simplement de la mer immense.

Au début de ma carrière, je n'aimais pas beaucoup mon travail, je le trouvais fatigant et dangereux. En plus, ma famille me manquait beaucoup. J'avais la nostalgie des moments passés en jouant avec mon fils Coco et pas moindre, ceux passés en jouant avec ma femme. Pendant les deux semaines en pleine mer, nous n'avions presque pas de vie sociale. La plupart du temps, les gens étaient très fatigués pour engager une conversation, avoir une partie de cartes, regarder la télé ou même aller à la salle de sport. Les deux semaines étaient juste pour travailler, manger et dormir. Oui, je pouvais dormir tranquillement sans dérangement venant de mon fils. En plus, pas de souci de le déposer ou d'aller le chercher à l'école.

Les choses changèrent dans les mois suivants. Tout à coup, je devins fasciné par le processus de forage du pétrole, sans oublier mon enthousiasme à la consultation de mon compte bancaire qui ne cessait de grossir. Mon salaire me donnait une liberté de dépenser, un confort matériel qui m'épargnait de me soucier du lendemain. Pendant mes congés, nous pouvions nous taper une semaine de vacances, la décision était souvent prise deux jours avant. Personne ne se lamentait du prix élevé des billets achetés à la dernière minute, il nous restait tellement d'argent que nous avions l'impression que tout était plutôt bon marché.

Je me souviens particulièrement du jour où nous allions partir pour les îles Canaries. Visiblement, quelque chose tourmentait ma femme. Pourtant, je fis comme si de rien n'était, de peur de gâcher notre voyage. Quand je lui demandai si elle avait songé à appeler un taxi pour nous conduire à l'aéroport, elle explosa comme de la dynamite :

-    Tu penses que je suis « superwoman » peut-être, je n'ai que deux bras moi ! À propos, j'ai marre de ton travail ! Tu disparais pendant deux semaines en me laissant seule avec un enfant. Je dois le déposer, aller le chercher à l'école… !

-    S'il te plait, pouvons-nous en parler à notre retour ?

-    L'argent ne fait pas le bonheur, nous devons vivre comme une famille.

Elle finit par se calmer et surtout, comme nous nous étions convenu, pas question de dispute en présence de notre fils. Quand j'étais gamin, j'avais tellement souffert des querelles incessantes entre mes parents que je ne pouvais pas faire endurer le même calvaire à mon fils.

Le voyage en avion se passa plutôt bien. L'ambiance y était conviviale grâce surtout aux autres norvégiens qui se rendaient aux îles Canaries. Pendant tout le trajet, ma femme causait avec une ancienne amie d'école qu'elle n'avait pas revue depuis longtemps. Moi, je m'occupais de mon fils, il m'avait manqué pendant les deux semaines précédentes passées au travail.

Cependant, ces vacances furent un fiasco. À peine arrivé à Ténérife, je me sentis bizarre dans mon corps. Il s'avéra que j'avais une forte grippe, l'une des plus fortes que j'avais jamais connues. Ma gorge et ma bouche étaient en feu. La respiration devint difficile à cause de mes narines bouchées. Mes éternuements et écoulements du nez devinrent gênants pour les autres que je dus me retirer dans ma chambre.

Pire encore, mon fils fut aussi contaminé bien que lui semblât moins affecté. Je fus cloué au lit la plupart du temps, je fus soulagé lorsque le jour de partir arriva enfin. Jusqu'à ce jour, je garde encore un mauvais souvenir de ce séjour aux îles Canaries, malgré leurs paysages pittoresques.

De retour chez nous, ma femme tomba aussi malade et ce fut la goutte qui fit déborder le vase. Elle attendit deux jours, le temps d'avoir un minimum de force pour se battre. En la regardant dans les yeux, je ne reconnus pas ma charmante et candide Heidi, mais vis plutôt un visage avec une douleur que je ne pus pas m'expliquer.

Je la pris dans mes bras et avant que je n'eusse le temps de lui demander ce qui n'allait pas, elle éclata en sanglots.

-     Ça va aller, dis-moi ce qui ne va pas et suis sûr que nous allons trouver une solution !

- 	Vraiment ? dit-elle en essayant d'étouffer ses sanglots. Je n'en peux plus, y'a trop de travail ici à la maison pour moi seule. Comme tu le sais, je reste seule pendant deux semaines… !

- 	J'sais, mais j'essaie de me rattraper. On s'est convenu que tu te reposes quand je suis ici !

- 	Tu sais bien que ce n'est pas possible, y'a toujours quelque chose à faire !

- 	J'vois pas ce que je peux faire autrement.

- 	Ça ne peut pas continuer comme ça, je suis au bout de mes nerfs ! Très tôt le matin, avant d'aller à mon travail, je dois laver Coco, l'habiller, lui donner son petit-déjeuner, préparer son déjeuner à emporter, l'amener à l'école et aller le chercher, sans parler de son club de football le lundi à 17 h 30 ou des Scouts les jeudis à 17 h. Comment puis-je être à mon travail à 7 h 30 ?

- 	Je sais chérie, et je ne te remercierai jamais assez pour les sacrifices que tu fais pour que je puisse travailler offshore.

- 	Mon stock de patience est épuisé, faut maintenant choisir : la famille ou le boulot.

- 	Qu'est-ce que ça veut dire, une menace de divorce ? Elle ne me laissa pas aller au bout de ma pensée.

- 	Et puis, j'ai peur pour toi, je ne veux pas être veuve si jeune. Imagine-toi s'il y a un grave accident sur votre plateforme suspendue sur je ne sais quoi au milieu de la mer ? Par exemple, si des vents violents la secouent, elle pourrait s'écrouler, prendre feu ou même couler! D'où viendrait le secours, après combien de temps ?

- 	Voyons, y'a plein de mesures de sécurité qui ont été mises en place, y'a pas que moi qui y travaille, nous sommes plus de 200 personnes! On ne peut pas se permettre de ne pas prendre au sérieux la vie de tous ces gens!

- Les mesures de sécurité n'empêchent pas les accidents, ce sont juste des mesures de précaution.
- T'es plus en danger sur la route que moi sur la plateforme. Elle ne semblait pas convaincue et enchaîna…
- Tu sais, quand t'es là-bas, je pense beaucoup à toi : où t'es, ce que tu fais…
- Moi aussi, c'est pourquoi je vous appelle tous les jours, parfois plusieurs fois par jour.

Ensuite, elle me regarda droit dans les yeux, je ne m'attendais pas à la question qui allait suivre.

- Y'a beaucoup de femmes là-bas ?
- Euh… oui, beaucoup de nationalités, mais y'a plus d'hommes que de femmes je crois. Pourquoi ?
- […]

Elle ne répondit pas. À en juger par l'expression de son visage, elle n'était pas convaincue que je la trompais, je compris que c'était beaucoup plus par instinct de jalousie.

- *Come on* ! Tu sais très bien que je suis trop occupé pour avoir le temps de renifler dans les jupes des femmes !
- Et si t'avais le temps ?

Je suggérai à ma femme d'arrêter la discussion parce nous ne faisions que tourner en rond. Cette nuit, je ne fermai point l'œil. Je ne voulais perdre ni ma femme, ni mon travail ; je devais garder tous les deux.

Désemparé, je pris la décision de parler de mon problème à mon patron. Il m'écouta attentivement et à ma grande surprise, me rassura que je n'étais pas le premier employé à qui cela arrivait. Il me proposa d'inviter ma femme à venir passer deux jours sur la plateforme afin de se rendre compte elle-même des conditions dans lesquelles nous vivions.

Elle accepta, malgré elle, peut-être par simple curiosité. Une fois à bord et comme à tout employé, on lui donna une salopette, des bottes, un casque, des lunettes et des gants. On lui fit faire un tour des installations en lui expliquant les consignes de sécurité, notamment le fonctionnement des alarmes et les points de regroupement en cas de nécessité. Elle put se rendre compte que ma cabine était propre et confortable, que j'avais une télévision, accès à l'internet, une bonne nourriture (des plats spéciaux, de bons fruits, des gâteaux et des boissons), des salles de sports bien équipées (haltérophilie, sauna, billard et tennis de table).

Après cet épisode, elle me laissa travailler en paix. Elle avoua que mon travail n'était pas si dangereux qu'elle l'avait imaginé. Elle reconnut aussi que nous étions logés et nourris confortablement. Elle me promit aussi de faire tout son possible afin de ne plus être affectée par mon absence. Je lui promis de faire de même.

Mais la semaine d'après, un accident secoua notre petite communauté. Un hélicoptère explosa à l'atterrissage après avoir fauché une partie de la plateforme. Le crash coûta la vie à six employés. Depuis ce jour, les mots de ma femme me hantaient. Chaque fois que j'envisageais de quitter ce boulot dont les autres rêvaient, ma fiche de paie brouillait mes pensées.

CHAPITRE 7

Rue Paradis, Stavanger

La période la plus dure pour moi allait venir : les mois d'octobre, novembre et décembre. Je me réveillais toujours fatigué pendant cette période à cause de l'obscurité répugnante qui régnait. Le matin quand je partais au travail, il faisait toujours noir. Quand je rentrais, il faisait déjà noir. Entre les deux, la journée était grise. Mon ami qui habitait à Tromsø, au nord, me disait que c'était pire chez lui.

Cette absence de soleil affectait certains aspects de ma vie : baisse d'énergie et de libido ainsi que la fragilisation de mon système immunitaire. Heureusement, j'avais découvert certaines astuces qui pouvaient m'aider un peu : pratiquer de l'exercice physique, dormir au moins 7 heures, prendre de la vitamine D et des acides gras oméga 3 et sortir souvent pour prendre de l'air frais. Récemment, ma femme et moi avions décidé de peindre tout l'intérieur de notre maison en blanc.

Par contre, je n'avais pas de problème avec les mois de janvier et février, il commence à faire clair malgré le froid. Paradoxalement, le soleil brille, mais ne réchauffe pas. Cette année, l'été n'avait pas été particulièrement bon dans notre région, il avait plu et fait froid beaucoup de jours d'affilé. Les gens disaient que cette année, ils n'avaient pas eu d'été, juste deux hivers : un hiver blanc, de janvier à avril, et un hiver vert, de mai à octobre.

Je devais finir les quelques travaux dans la cave de notre maison avant la venue de l'hiver. Je devais démolir un petit mur pour créer plus d'espace et peindre la pièce d'à côté. Avec l'aide des amis, j'avais appris à bricoler beaucoup de choses, à part bien sûr les choses qui doivent être faites par des spécialistes comme les travaux de plomberie ou d'installations électriques. En faisant les travaux moi-même, j'avais économisé beaucoup de centaines de milliers de couronnes norvégiennes, la main d'œuvre étant très chère.

Malgré cette apparente cherté de la vie, ma famille était à l'abri du besoin grâce à mon travail de rêve et le système de sécurité sociale universelle couvrant toute personne résidant sur le royaume. Pas besoin de nous soucier de l'éducation de nos enfants ni de nos soins de santé.

Plus jeune, j'avais toujours ardemment désiré posséder ma propre maison, mes vœux ne tarderaient pas à être exhaussés. Ma femme et moi avions acheté une charmante maison située sur la *paradisveien*, rue Paradis, au quartier *Paradis,* dans la ville de Stavanger ; quelle coïncidence !

La maison était assez chère, mais à sa vue, elle nous plut tout de suite, un véritable coup de foudre ! Pour avoir la somme requise comme fonds propres, ma femme avait dû demander à ses parents « une avance sur héritage » et heureusement, ils ne le prirent pas comme un souhait de les envoyer à une mort prématurée. La maison était perchée sur le versant d'une colline. De notre véranda, nous avions une vue superbe sur le petit lac *Hillevågsvatnet* avec ses innombrables bateaux privés et les collines des îles environnantes. Notre fils s'amusait à compter le nombre de trains vers ou partant de Stavanger.

J'adorais l'architecture de notre maison, typiquement « scandinave ». Elle avait une base presque carrée et une toiture en ardoise naturelle avec une charpente en forte pente afin de faciliter l'écoulement de la neige. Elle avait trois niveaux : une cave en béton et deux étages en bois.

Le contraste de couleur était bien assorti : la toiture en noir et la partie inférieure, étages et cave, tout en blanc.

Avec son grand salon, sa petite cuisine et sa petite salle de bain, la cave était un studio parfait pour célibataire. Nous pourrions la louer, mais nous ne voulions pas d'intrusion dans notre intimité. Les deux étages supérieurs ne manquaient pas d'espace : quatre chambres, deux salles de bains, une grande cuisine (très important à ma femme), un grand salon et un petit magasin. Il faisait bon vivre dans notre nid d'amour. C'est là où nous avions pensé élever nos enfants, vieillir et peut-être mourir ensemble avant de céder la maison à nos héritiers. Pas question de la vendre !

En plus, la maison avait un joli jardin où nous pouvions jouer ou manger pendant les chaudes et longues journées d'été. À part tondre la pelouse, monter et démonter le trampoline, le reste dans le jardin était exclusivement le domaine de ma femme. C'est elle qui entretenait les fleurs et les pruniers. Lors de la saison de récolte, les pruniers nous donnaient de grosses prunes mauves et sucrées. Nous en avions tellement beaucoup que nous ne savions pas quoi en faire ; ma femme les utilisait pour faire de la confiture, les salades de fruits ou les gâteaux. On en envoyait à des amis, mais il en restait toujours.

CHAPITRE 8

Soixante-dix bougies

Allongé sur le canapé, et cela depuis 45 min, je regardais une émission trouvée au hasard sur les fouilles archéologiques en Égypte sur *la National Geographic*. C'était un vendredi après-midi, fin octobre, et je devais enlever les pneus d'été pour mettre ceux d'hiver. Je devais aussi nettoyer la voiture, car le lendemain, nous devrions nous rendre chez mon beau-père fêter son anniversaire des 70 ans. J'aimais faire ce travail moi-même pour deux raisons : premièrement, c'était une occasion gratuite de dépenser de l'énergie et deuxièmement, je lavais mieux ma voiture que la machine à la station. Sans m'en rendre compte, j'avais détaché mes yeux de la télé, perdu dans mes pensées quand mon fils bondit soudain sur moi en m'étreignant.

- *Hei*, Pappa !
- Ah ! Vous voilà enfin ! fis-je en éteignant la télé.
- T'as promis de m'aider ?
- *Yep*, 'suis prêt moi !
- Bonne chance les mecs et tâchez de ne pas me réveiller lorsque vous reviendrez. Vous trouverez un chocolat chaud et un café à la cuisine, annonça ma femme en se dirigeant vers la chambre à coucher.

La voiture attendait dehors. Le temps ne promettait pas d'être bon, les chances de pleuvoir étaient à mon avis très modérées. Mais en portant des imperméables tous les deux, nous étions protégés en même temps contre la pluie et les saletés. Un coup d'œil dans le coffre suffit pour me rassurer que nous avions les outils nécessaires pour changer une roue : un cric et une clé à roue.

Je l'avais déjà fait beaucoup de fois avant et donc je connaissais par cœur ce qu'il fallait faire. Vérifier d'abord la pression dans les pneus à mettre, ceux qui avaient été devant la saison précédente devaient être mis derrière et vice versa, serrer le frein à main et enclencher une vitesse afin d'éviter que la roue ne tourne. Et puis, desserrer les boulons, soulever la voiture, retirer l'ancienne roue et mettre la nouvelle, veuillez à ne pas visser les boulons côte à côte, mais plutôt ceux en diagonale d'abord. Je ne comprenais pas pourquoi, mais je savais qu'il fallait laver les roues retirées avant de les conserver.

J'avais deviné juste. Les quatre roues nous prirent exactement deux heures et le lavage de la voiture une heure. À 17 h, nous étions assis confortablement devant la télé, propres comme deux sous neufs.

Comme récompense, mon fils reçut un petit billet de 100 couronnes à mettre dans son cochon tirelire. Je voulais lui inculquer un esprit de travail dès le jeune âge, lui apprendre que l'argent ne tombe pas du ciel, qu'il s'habitue à faire des efforts. D'ailleurs, sur un poster d'un bodybuilder dans sa chambre à coucher, il était écrit « *No pain, no gain.* »

- D'habitude, c'est 50 couronnes pour chaque travail à la maison, les yeux du garçon scintillaient.

- ... donc, désormais ça sera 100 couronnes chaque fois que je nettoie ma chambre, aide au jardin, aide à la cuisine... ? Tu sais que je meurs d'envie de m'acheter un PlayStation 4.

- Petit malin, c'est juste aujourd'hui !

- Et ça sera combien pour faire mes devoirs ?

- Personne n'est payé pour faire ses devoirs de l'école.

-    Si, Jens reçoit 200 couronnes par semaine s'il fait ses devoirs.

-    Tu sais que c'est pas comme ça chez nous ! C'était vrai, ma femme m'avait dit que beaucoup de ses amies payaient leurs enfants pour faire leurs devoirs scolaires !

Il eut aussi droit à une poignée de bonbons même si ce n'était samedi, jour où il lui était normalement permis de consommer beaucoup de friandises. Cette pratique avait été pourtant critiquée par certains. Certains nutritionnistes affirmaient que c'était plutôt mieux de donner régulièrement de petites quantités de friandises qu'en donner en grande quantité une fois la semaine, le samedi.

***

Le lendemain, samedi à midi, cap sur Stord, petite ville non loin de Bergen, 2ème grande ville de Norvège après Oslo. Le père de ma femme vivait à Stord depuis un demi-siècle. Nous devrions passer à travers deux tunnels sous-marins de 10 km environ ensemble avant une traversée en ferry de 25 minutes. Le reste du trajet devrait être sur route et devrait durer environ trois heures. Nous nous étions entendus, ma femme et moi, que je conduirais à l'aller et elle au retour. Chose importante, se rappeler qu'on était plus en été et par conséquent, ne pas rouler à grande vitesse. En été, j'avais une mauvaise manie de conduire très vite, les conditions sur la route étant bonnes, pas de neige ni de verglas. En automne, je continuais de conduire de la même façon, oubliant que les conditions avaient changé.

À peine sortie de la ville, Coco posa sa question habituelle un peu agaçante.

-    Quand est-ce que nous arrivons ?

56

- Coco, on n'a même pas fait 5 km, nous arrivons dans quatre heures !

À notre surprise, on n'eut pas de place sur le ferry qu'on avait espéré prendre. La moitié de Stavanger avait décidé de voyager. Nous devons attendre le suivant.

- Tu devras conduire un peu vite, je ne veux pas arriver en retard, soupira ma femme.

- Ça alors, quelle suggestion ! N'est-ce pas toi qui me reproches de conduire vite ? Mauvaise idée, vaut mieux arriver 10 min plus tard que de mourir 30 ans plus tôt !

À bord du ferry *Fjord 1,* en dégustant un bon café au lait et un muffin aux myrtilles, j'admirais au loin la beauté des fjords encadrés par des montagnes aux couleurs automnales mosaïques. Leur reflet dans l'eau des fjords donnait naissance à beaucoup de formes multicolores donnant l'impression de l'existence d'une ville de lumières sous-marine. Le ciel avait été clément cette semaine-là et certains parlaient d'un été indien.

Après avoir fait presque le tour de la Norvège, j'étais tombé amoureux des paysages spectaculaires de ce pays. En grande partie, son relief est accidenté, composé de montagnes majestueuses, de glaciers et de nombreuses chutes d'eau surtout quand la température monte après l'hiver. Sa longue côte maritime comporte des centaines de fjords et des milliers de petites îles d'une beauté extraordinaire.

En plus, on peut assister à des phénomènes climatiques exceptionnels comme le soleil de minuit ou les aurores boréales. Ce phénomène splendide qui avait fait fondre le cœur de ma première femme. Je lui avais fait ma demande en mariage après une aurore polaire à Tromsø, au nord de la Norvège. Je n'avais pas encore oublié le temps que ça m'avait pris avant de conquérir son cœur. Après plusieurs mois, elle ne mordait pas à l'appât. Un ami norvégien me révéla que la drague latine ne marchait pas ici, que les femmes n'étaient pas très sensibles à l'homme galant et qu'elles ont horreur du mâle dominant. Elles préféraient avoir le contrôle au lieu de jouer un rôle passif. C'était tout à fait normal qu'une femme fasse le premier pas vers un homme. Pour être efficace, je dus malgré moi mettre de côté les principes de galanterie latine que j'avais appris dès l'adolescence.

Lorsque je pris la décision de faire un pas de plus vers le mariage, j'avais tellement le trac que je dus demander conseil encore une fois à mon ami. Il m'avait rassuré que très peu de personnes peuvent dire non à une demande en mariage après la production d'une aurore boréale. Aucune autre scène ne pouvait être plus romantique : les étoiles, la tranquillité et les phénomènes lumineux sur la neige qui forment un rideau d'amour multicolore dans le ciel. Depuis, nous y étions retournés deux fois en décembre jusqu'à notre séparation.

Étant amateur des sports en plein air, j'avais toujours la possibilité d'admirer la nature de la Norvège pendant toutes les saisons : en faisant de la randonnée pédestre, du jogging, du vélo ou même du ski en hiver.

Quand j'étais jeune, je pensais que le coucher du soleil sur le lac Tanganyika était le plus spectaculaire du monde. Plus tard dans la vie, en rencontrant les gens de différentes origines, je découvris que chacun de nous croit que son paysage natal est le plus beau de toute la planète. Les montagnes, la plaine, la mer, la neige, la forêt et même le désert, tout est beau. Ça dépend de celui qui apprécie.

-     Ohé ! Reviens sur terre ! chuchota ma femme en faisant des signes de la main pour ne pas attirer l'attention des gens autour.

-     Hein ? Pardon ?

-     À quoi pensais-tu ? dit-elle d'un ton affectueux et en passant une main dans mes cheveux. Elle me répétait souvent qu'elle adorait chatouiller mes cheveux crépus. Je n'arrêtais pas de lui dire la sensation agréable que ça me faisait : ses câlins dans les cheveux et sur la nuque me donnaient des frissons ayant une saveur difficile à décrire.

Je n'eus pas le temps de répondre à sa question. Coco vomit de façon inattendue sur la table et par terre. J'avais remarqué qu'il était mal à l'aise, mais il m'avait rassuré que tout allait bien lorsque je lui avais posé la question. Je dus me servir des trois serviettes que nous avions pour contenir l'expansion, l'aide du personnel chargé de la propreté à bord ne tarda pas. En jetant un coup d'œil à l'extérieur, je compris la cause de ce qui était arrivé à mon fils. Des vagues gigantesques faisaient vaciller le ferry à chaque fois qu'il les heurtait. Il était presque impossible de marcher en position debout, toute personne cherchant à se déplacer titubait.

***

Le reste du voyage se passa plutôt bien et nous arrivâmes à Stord juste 30 minutes après le commencement de la fête. La trentaine d'invités s'étaient déjà installés, chacun à sa table. À notre arrivée, mon beau-père vint à notre rencontre et nous serra, tour à tour, très fort contre lui. D'abord son petit-fils, ensuite sa fille et enfin son gendre. Le courant avait vite passé entre nous, depuis le moment de l'annonce de nos fiançailles. Je n'avais jamais entendu un seul commentaire négatif de lui sur la couleur de ma peau ou sur mon origine. Lorsqu'il entendit que j'étais orphelin de père et mère, il m'avait tout de suite adopté comme le fils qu'il n'avait jamais eu.

À peu près de ma taille, il était un homme de gabarit imposant. Ses avant-bras musclés étaient une claire indication qu'il était un homme fort. Il se disait un vrai Viking qui pouvait skier avant qu'il n'apprenne à marcher. Il ne verrouillait jamais la porte de la maison s'il était dedans, même la nuit. Dans sa jeunesse, il avait beaucoup joué au hockey sur glace et ses « charges » étaient une terreur à ses adversaires. Ça lui avait valu le surnom de K.O (*knock-out*) en faisant allusion à son prénom Karl Olav.

Ensemble avec sa femme, ils avaient eu trois filles : Hilde, Henriette et Heidi. Ils s'étaient convenu depuis les premiers jours de leur mariage qu'ils allaient donner à leurs enfants des prénoms commençant par la lettre « H ».

L'ainée Hilde était morte par noyade à 4 ans, suite à quelques minutes d'inattention de la part de ses parents. À la vue du petit corps inerte repêché, sa mère tomba dans le coma et y resta quelques jours. Elle ne s'était jamais pardonnée de cette erreur fatale jusqu'à sa mort de cancer à 58 ans.

La cadette, Henriette, était mariée depuis 8 ans, mais n'avait pas encore d'enfants. Entre nos familles, nous avions juste une relation diplomatique, comme entre deux pays ayant été en guerre dans le passé. Lorsqu'elle avait appris que sa petite sœur était fiancée à moi, elle commit l'erreur de dire tout haut ce que d'autres dans son entourage pensaient tout bas.

« Oh mon Dieu, c'pas possible ! Quelle mouche t'a piquée ! C'est juste pour les papiers qu'il veut t'épouser ! Et après les avoir eus, il va épouser une autre femme de son pays en te laissant avec une demi-douzaine d'enfants. Tu ne regardes pas la TV, y'a plein d'histoires de filles naïves qui se retrouvent dans des situations dangereuses parce

qu'elles ont épousé des étrangers. T'as pas entendu tous ces cas de kidnapping d'enfants ! »

Par amour, Heidi m'avait tout rapporté. J'avais essayé d'oublier, même si sa sœur continuait d'afficher une attitude méfiante envers moi. Malheureusement, nous étions condamnés à vivre avec ce climat de méfiance, les circonstances nous réunissaient de temps en temps.

Pendant la célébration d'anniversaire, l'ambiance festive était au rendez-vous : la musique, la nourriture et les gens. Je commençais à m'habituer à avoir autre chose que mon schéma traditionnel : entrée - plat principal - dessert avec souvent une bouteille de vin. Ici, c'était plutôt *hovedrett*, plat principal et dessert, avec café bien évidemment. La plupart des plats étaient traditionnels. Voici quelques-uns des choix de ce jour-là :

1) *Fårikål,* agneau mijoté avec du chou et des grains de poivre.

2) *Steak* de renne avec ail, champignons et pommes de terre sautées. Le renne avait été tué par mon beau-père et ses deux amis quelques jours auparavant. Il avait été chasseur de gibier sauvage depuis longtemps et en parlait avec fierté. Une tête avec cornes de l'un des rennes qu'il avait tués était suspendue au salon et ajoutait une touche particulière au décor.

3) *Gravlaks,* saumon mariné au sel, sucre et à l'aneth.

4) *Pinnekjøtt,* côtes de mouton salées et séchées, cuites à la vapeur, servies avec saucisses, purée de rutabaga, brocoli et pommes de terre. Ce plat était normalement servi à Noël.

5) *Bakalao,* morue à la tomate, oignons, ail et pommes de terre. Mon beau-père l'avait préparé en mon honneur, il savait que je l'adorais, surtout avec du piment vert.

Sur la table de dessert, deux gâteaux bien décorés nous attendaient : le *kransekake* et le *bløtekakke*.

Le premier gâteau était une sorte de mini gratte-ciel avec plusieurs étages en anneaux et ayant une forme pyramidale. Il était à base d'amandes, sucre et de blanc d'œuf. Le deuxième était un gâteau circulaire recouvert de beaucoup de crème d'amandes ou vanille et garni de baies comme les fraises, les framboises, les kiwis ou les myrtilles.

Avant de passer à ces délices, ma femme entonna la chanson d'anniversaire, *Hurra for deg som fyller ditt år,* Bravo à toi qui célèbre ton anniversaire. Et spontanément, tout le monde en chœur, chantèrent et dansèrent avec gaité jusqu'à la fin de la chanson. Le septuagénaire, les yeux scintillant de larmes, eut droit à souffler les bougies. Larmes de joie ou de tristesse, difficile de savoir.

***

Après les discours, les gens pouvaient se déplacer et causer en petits groupes selon leurs préférences. Moi, j'étais assis à côté d'un oncle de ma femme, un demi-frère à mon beau-père. Il devait avoir autour de 60 ans et avait l'air rigolo. Je l'avais rencontré seulement une fois avant. Son nom devait être Edmund. Il prit la parole le premier.

- *Ja vel* ! On ne s'était pas vus depuis longtemps ! commença-t-il prudemment. Au moment où j'allais lui répondre, un autre homme se joignit à nous.
  - *Hei*, mon nom est Jostein, un ami d'Edmund.
  - Moi, c'est Jean Claude.
  - Comment ? Peux-tu répéter ?
  - J E A N C L A U D E, il avait de la peine à faire la nasalisation sur Jean.

- Euh… comme l'acteur belge qui fait du karaté, c'est comment encore son nom ? Presque à l'unisson, les deux répondirent :

- Jean Claude Van Damme !

- Tout à fait, ça sera facile de retenir mon nom, commentai-je.

- De quel pays viens-tu, je veux dire originellement ? s'enquit Jostein.

- Burundi. Tu sais où ça se trouve ?

- Euh… voyons voir, fit-il avec un visage qui fouillait dans ses connaissances de géographie.

- Moi, je sais, coupa Edmund. Mme Aung San Suu Kyi vient de là aussi.

- Ha ha ha ! deux continents différents, badina Jostein. Je détournai ma tête pour étouffer l'envie d'éclater de rire.

- La dame dont tu parles vient de Burma, en Asie du Sud-Est et moi je viens du Burundi en Afrique de l'Est. Pour qu'Edmund ne se sente pas ridiculisé, j'ajoutai.

- C'est vrai que les noms de ces deux pays peuvent se confondre, tous les deux commencent par Bur…

- Moi, la première fois que j'ai vu un noi…excuse-moi, quel terme préfères-tu ? Noir, Africain ou homme de couleur ? interrogea Jostein en essayant de choisir ses mots avec soin.

- Appelle-moi ce que tu veux. Moi, je m'en fiche aussi longtemps que je ne suis pas discriminé. Je pense que ce sont les clichés et préjugés derrière le concept qui peuvent nuire. Sinon, chacun de nous a sa couleur. Et remarque, je ne suis pas totalement de couleur noire, la couleur marronne serait plus appropriée pour moi. Tu n'es pas non plus tout à fait blanc comme du papier. Sinon, tu serais mort, fis-je remarquer en souriant.

-      Bon, soit. La première fois que j'ai vu un homme de couleur noire, c'était en 1945 pendant la Seconde Guerre Mondiale. Il s'agissait d'un soldat américain. On était devenu vite amis et quand il est retourné chez lui on a échangé quelques lettres, mais après quelque temps, on n'avait plus grand-chose à se dire et on a arrêté. Je ne sais pas ce qu'il est devenu aujourd'hui, termina – t-il en mettant ses mains sur les accoudoirs de son fauteuil.

Les deux hommes étaient agréables à causer avec et avaient un sens de l'humour à leur façon. Ils me demandèrent si je n'avais pas de problème avec la multitude de dialectes et si je me plaisais en Norvège.

Concernant les dialectes, j'avais eu des problèmes de comprendre les dialectes proches du *Nynorsk* et ceux du nord avant de rencontrer ma femme. À l'école de « l'alphabétisation des adultes », j'avais seulement appris le *Bokmål*. Après notre déménagement à Stavanger, j'avais des difficultés de comprendre le dialecte local, mais beaucoup plus ceux parlés dans les villes environnantes de la région de *Jæren*, Bryne, Nærbø et Egersund. Après une année, mon cerveau et mes oreilles avaient fini par s'y habituer. Je ne comprenais pas tout, la plupart des fois, je devinais d'après le contexte.

Ma femme m'aidait beaucoup quand je ne comprenais pas. Mais elle parlait un autre dialecte. Ce n'était pas facile de dire d'où elle venait, elle venait de partout comme elle disait. Dans son dialecte, on pouvait déceler un peu de celui de Bergen où elle avait passé une grande partie de son enfance. Le reste était une combinaison de dialectes ramassés dans les différents endroits vécus. Elle disait qu'elle avait créé son propre dialecte. Celui-ci avait une mélodie chantante avec une douceur délicieuse, une sorte de symphonie linguistique. Certains disaient que son dialecte sonnait un peu suédois.

S'agissant de la question de savoir si je me plaisais en Norvège, Jostein et Edmund furent surpris par ma réponse. Ils avouèrent qu'ils pensaient être très difficile pour un Africain de s'adapter à un climat et une culture si différents. Loin de là, mon adaptation n'avait pas été difficile. Avant, je pensais de A à Z, mais je dus ajouter les trois lettres supplémentaires de l'alphabet norvégien (Æ, Ø, Å) et penser plutôt de A à Å.

Je dus aussi changer mes habitudes alimentaires. Je devais m'habituer à ne manger qu'un seul repas chaud par jour et manger beaucoup de pain. Je prenais au moins quatre repas par jour : le 1er à 7 h 30, le 2ème à 11 h 30, le 3ème à 16 h (le repas principal et le seul chaud) et le 4ème et dernier. Dans mon pays d'origine, le pain était juste réservé au petit-déjeuner. Mais en Norvège, je devais le manger trois fois : le matin, à midi et le soir. Le nouveau train de vie me convenait parfaitement et j'avais d'ailleurs perdu du poids. Il parait que l'on brûle beaucoup plus de calories en prenant plusieurs petits repas légers par jour qu'en en mangeant moins, mais plus consistant.

J'avais aussi appris à manger des choses qui au départ, ne me tentaient pas du tout. Il fallait m'habituer à ce qui était disponible sur place, « *la chèvre broute là où elle est attachée.* » À titre d'exemple, je citerais ici le caviar et le *brunost*, fromage brun.

Pourquoi avais-je commencé à manger le caviar, cet aliment élaboré à partir des œufs de poissons ? Peut-être parce que ma femme en mangeait au moins deux fois par semaine et qu'elle disait qu'il était sain ? Pas vraiment. Je ne me préoccupais pas beaucoup de suivre un régime sain, je préférais manger un peu de tout avec modération et faire de l'exercice physique sans modération. C'était beaucoup plus par curiosité que j'y avais goûté et par après, je l'avais trouvé bon. Spécialement le caviar de morue de l'Atlantique. Comme ma femme, je le mangeais avec des œufs cuits à l'eau et des tomates crues.

Brunost et moi sommes devenus inséparables, surtout celui contenant du lait de chèvre. Avec la confiture de framboise ou de myrtille, il est devenu la pièce maîtresse de mon petit-déjeuner. Je bave déjà quand ma main tient un *ostehøvel*, rabot à fromage, ce petit ustensile qui rabote du fromage en vitesse « marche-arrière ». J'aime beaucoup plus celui qui découpe les tranches les plus fines à mettre sur mon pain croquant *knekkebrød*.

S'agissant des boissons, je découvris la saveur du café en Norvège. Et pourtant, mon grand-père avait deux grandes plantations juxtaposées sur une colline : une de café arabica et une de thé. Cependant, personne dans ma famille ne buvait du café. Ils lui préféraient le thé. Ils disaient que le café était destiné exclusivement à l'exportation vers l'Europe. Aujourd'hui, j'aime le café, avec du lait et un peu de sucre. Je veille à ne pas en être accroc, je bois rarement plus de quatre tasses par jour.

Au bout de ces petits efforts d'ajustement, j'étais tombé amoureux de ce pays qui m'avait donné une stabilité financière que j'avais toujours désirée. Pour moi, la caractéristique saillante de la société norvégienne est sans doute le souci d'égalité entre tous et l'absence de divisions sociales évidentes. J'aime le fait que les « classes sociales » n'existent presque pas. Certes, les gens sont riches en général, mais l'opulence n'est pas visible à part la présence de quelques yachts privés et voitures de luxe. La pauvreté et les bidonvilles y sont invisibles.

CHAPITRE 9
Au-delà des préjugés

Mon combat quotidien pour subvenir aux besoins élémentaires de ma famille : se nourrir, s'habiller, se loger, se faire soigner et l'éducation des enfants était des moins difficiles. Il est rassurant de savoir que si quelque chose de mauvais (comme la maladie, le chômage ou la mort dans le pire des cas) arrive, je peux toujours compter sur une aide sociale décente. Ça donne beaucoup de sécurité et de tranquillité d'esprit. Mon rythme de vie était assez posé contrairement à l'homme contemporain d'ailleurs. Les deux premiers mots norvégiens que je retins sans difficulté furent *å kose seg*, passer des moments agréables, et *å slapp av*, se détendre. Je les entendais partout où j'allais.

Pour y arriver, les gens ont dû bâtir leur société sur des principes renforçant la notion d'égalité comme la transparence et la simplicité. Dans le langage, on tutoie tout le monde à part le roi et la reine qui ont droit au titre de « Votre Majesté ». Tout le reste est mis dans le même sac. Pas question de traitement de faveur envers les ministres et les parlementaires. Ils sont des citoyens comme les autres et doivent vivre à peu près comme nous autres afin de s'identifier à nous pour mieux nous représenter. Surtout, on ne plaisante pas avec l'argent public ! Pour voyager, les fonctionnaires de l'État doivent prendre le moyen le moins cher permettant d'arriver sans retard. S'ils veulent prendre le taxi, ils doivent le payer de leurs propres poches. En plus, ils doivent présenter la facture de toute transaction. Il ne faut pas abuser de l'argent du contribuable.

Au travail, ce n'était pas toujours facile de savoir si mon chef me donnait un ordre ou bien s'il donnait simplement une suggestion. Il utilisait la formule « *kan du være så snill* » signifiant « s'il te plait, peux-tu te donner la peine, peux-tu te déranger ». Un jour, je lui fis part de la confusion que cela pouvait créer en moi. Il m'expliqua que les autres comprenaient que c'était un ordre déguisé, et que certains n'aimaient pas trop qu'un chef leur lance un ordre à la figure. Autre différence de taille, l'oubli est une excuse valable dans la société. C'est normal d'oublier, personne n'est infaillible. Là où j'ai grandi, oublier était synonyme de distraction pouvant donner lieu à un avertissement. Mais quelle personne est immunisée contre l'oubli ?

La langue écrite porte une marque de simplicité. En écrivant à quelqu'un pour demander un renseignement, même si on ne connait pas la personne, on ne doit pas utiliser de longues formules genre « *Chère Madame ou Cher Monsieur*», on utilise tout simplement « *Hei* » signifiant salut. Je me demande quand même comment les choses marchent à l'armée. Que dit un subalterne congédié à son supérieur ? Ne dit-il pas à haute et énergique voix « *yes sir* ? »

J'étais infiniment reconnaissant à la vie, je connaissais parfaitement la situation de manque de pain quotidien. Je n'avais pas oublié que les premiers jours après la mort de mon père, ma mère ne pouvait pas nous offrir plus d'un repas chaud par jour. Et c'était comme si Edmund avait lu mes pensées quand il dit d'une voix pensive :

« Vous les jeunes, vous devez être reconnaissants et prendre soin de cet héritage précieux. Vous êtes en train de vivre le rêve de nos ancêtres, les choses n'ont pas toujours été si faciles. Et ce n'est pas de la manne tombée du ciel.

Certes, la découverte du pétrole a joué un grand rôle, mais elle ne date pas de longtemps. Les gens ont dû travailler dur pour que ce pays soit ce qu'il est devenu aujourd'hui. Ils ont enduré de longues journées de labeur. Par exemple moi, j'ai payé mes impôts pendant plus de 40 ans. Certains ont même souffert de la faim et ont dû émigrer vers l'Amérique dans l'espoir des pâturages plus verts. »

- Le savais-tu ? me demanda-t-il.
- Oui, l'histoire m'intéresse beaucoup. Il continua…

« Mon père était mécanicien et laissait sa peau sur les bateaux qu'il réparait. Il gagnait beaucoup, mais ne partageait pas tout avec sa famille. Il bousillait une grande partie avec ses compagnons de bar. Ma mère, elle, était tout le temps à la maison, c'était son lieu de travail. Un travail qui ne la quittait jamais, elle n'en finissait jamais. Je la voyais travailler les matins comme les soirs. Souviens-toi, elle n'avait ni électricité, ni lave-vaisselle, ni lave-linge, rien du tout ! »

- Comment y parvenait-elle ?

« Parfois, je me pose la même question. Elle avait juste ses mains, dures comme fer. Elle était la machine et l'électricité. Ses mains n'avaient jamais tenu le volant d'une voiture ni une liasse de billets, mais elles avaient bien tenu et nettoyé les fesses de six enfants. Et chaque 15 août, elle reçoit 34 roses rouges venant de ses enfants, petits-enfants et arrières - petits-enfants. »

J'oublie le nom de cette personne qui a dit que « les hommes sont faits pour émigrer et doivent s'adapter. » Dans ce processus d'adaptation, certains aspects prennent plus de temps que d'autres. Pour moi, je n'ai pas rencontré de difficulté majeure, la vie dans ce pays est tellement facile. Ça m'a beaucoup plus fait peur que de mal.

J'avais craint le froid, mais mon corps s'adapta rapidement, sans doute à cause de la couche sous-cutanée de graisse qui se forma pour une meilleure isolation. De plus, j'avais vite appris des astuces importantes comme porter des collants en laine ou dormir avec une bouteille d'eau chaude. Étrangement, je n'avais jamais imaginé que je vivrais un jour en Norvège, pays dont je connaissais très peu de choses. D'ailleurs, Edmund m'avait posé la question :

-       Connaissais-tu la Norvège avant de venir ici ?

-       Vaguement. Je savais qu'il existait un pays portant ce nom, quelque part non loin du pôle Nord. Je savais aussi que ce pays avait beaucoup de poissons. À l'internat, on recevait des sardines en boîtes de conserve via le PAM, Programme Alimentaire Mondial, on les appelait les « Norway ».

Dès les premiers jours déjà, je fus frappé par la philosophie norvégienne de la sécurité. Un ami me dit sans ambages qu'il est absurde de lutter contre la violence par la violence lorsque je lui demandai pourquoi la police ne portait pas d'armes. Il ajouta que selon lui, le feu appelle le feu et que les criminels n'éprouvent pas le besoin de s'armer si la police ne l'est pas. Mon étonnement fut grand le jour où je croisai un politicien très connu dans les toilettes de l'aéroport d'Oslo sans garde du corps. Pourtant, cet homme n'avait pas peur d'aller au-delà « du politiquement correct.»

Même s'il survenait des cas sporadiques de meurtres, la Norvège connaît une grande sécurité. Je n'avais pas peur d'aller faire un tour dans la forêt après la tombée de la nuit. Malgré l'absence de gardes armées aux entrées des centres commerciaux ou autres grand-places, j'avais décidé de garder mon esprit en paix comme tous les autres.

Après une longue analyse, je suis arrivé à la conclusion que leur conception de la sécurité est fortement ancrée dans leurs traditions et comportements. Un exemple banal est l'utilisation du klaxon de voiture, on l'entend très rarement sur la route. Si le feu passe du rouge au vert et que le chauffeur devant ne démarre pas tout de suite, les gens derrière ne klaxonnent pas immédiatement. Ils peuvent attendre plusieurs secondes. Surtout, ils ne se lancent pas d'insultes ou de mots grossiers en circulation routière.

Je me rappelle un certain dimanche après-midi, les gens disent que le prix à la pompe a tendance à baisser à ce moment et le lundi matin, les gens attendaient patiemment leur tour en longues files parallèles aux quatre pompes d'une station essence. Après avoir fini de se servir, certains ne daignaient pas se garer de côté pour laisser le tour aux suivants. Bien au contraire, ils laissaient leurs voitures à la pompe et entraient dans la boutique. Les suivants étaient contraints d'attendre, sans klaxonner, que les autres finissent leurs achats et décident de partir. Sous d'autres cieux, ils auraient vociféré un torrent d'insultes avec le risque d'en venir aux mains à la moindre réplique.

La liste des choses qui m'ont affecté est très longue et je ne peux qu'être d'accord avec ceux qui disent que « on continue d'apprendre aussi longtemps que l'on vit.»

En grandissant, mes parents et la société où je vivais m'avaient toujours répété que « premier est toujours mieux ». Cela avait créé un état d'alerte et un esprit de compétition permanente en moi. Je devais me battre pour être toujours premier en tout, à l'école comme en dehors.

Je ne parle pas de faire juste de mon mieux, cela n'était pas suffisant. Quand j'y pense aujourd'hui, je me rends compte que c'est carrément impossible. Mais à l'époque, j'y croyais. Quel calvaire !

Mes enfants qui grandissent en Norvège ont une vie beaucoup plus facile, la loi de Jante, *janteloven*, oblige. À l'école, on leur dit : « Tu es assez bon comme tu es, même avec une note de 3/10, tu ne dois pas essayer d'être quelqu'un d'autre, tu peux faire des choses que personne d'autre ne peut faire, essaie de faire juste un peu d'effort, il ne faut jamais harceler les autres, personne ne doit te forcer à faire ce tu ne veux pas, tu ne dois pas croire que tu es meilleur que les autres.... »

À moi on disait : « Ne laisse jamais personne te devancer, il faut toujours être premier, tes efforts ne sont pas suffisants, mieux vaut mourir en essayant qu'abandonner, ne laisse jamais personne te harceler, tu dois te défendre, œil pour œil, dent pour dent, un homme doit se défendre, tu dois effacer les mots *peur* et *échec* de ton vocabulaire, la vie est un dur combat plein de contraintes... »

Aujourd'hui, j'ai envie de crier à ceux qui me le disaient que « la loi du talion a été longtemps abolie, on n'a pas besoin de prouver que l'on est homme en se battant, que je suis unique, qu'un homme peut aussi pleurer et avoir peur, que, que... ». Mais quelle différence ça ferait ?

Pour me venger d'eux, j'enseigne à mon fils le contraire de ce qu'ils m'ont enseigné. Et quelle joie de vivre dans une société ayant des valeurs plus clémentes ! Aujourd'hui, je sais que je suis unique, je fais juste ce que je peux et j'ai perdu les réflexes de chien gardien. Petit bémol cependant, pleurer n'est pas encore naturel !

Le temps avait vite passé. Notre conversation fut interrompue par mon beau-père qui, en soutenant notre fils à moitié éveillé, me demanda d'aller lui brosser les dents et le mettre au lit. Je m'excusai auprès de mes deux interlocuteurs et m'éclipsai. Ma femme était déjà au lit. Elle se plaignit d'une fatigue qui ne la quittait pas, et pourtant, elle avait dormi pendant presque le trajet.

CHAPITRE 10

Deux surprises en une journée

Coco frappa à notre porte. Un coup d'œil à ma montre, 11 h déjà. À mon côté, aucun signe de ma femme. Sur la pointe des pieds, je me dirigeai vers la douche pour la faire sursauter. Mon intuition me conseilla de me raviser. Dans certaines circonstances, ma femme aimait mal ce genre de plaisanterie. Eh bien, j'avais eu raison. De derrière, je ne pouvais pas voir son visage, mais j'eus le pressentiment que quelque chose n'allait pas. Elle était assise sur le siège de toilette, la tête entre ses mains.

À la vue du petit appareil ressemblant à un thermomètre médical posé à côté d'elle, mes sens devinrent excités. Je voulus savoir tout de suite ce que disait ce petit machin sorcier. Malheureusement, je ne savais pas le lire. Alors, il ne restait qu'à demander à l'initiée. À genoux devant elle, je soulevai son visage, il portait des larmes de confusion.

- Alors, positif ou négatif ? Sans dire mot, elle fit « OK » avec son pouce levé.

- T'es sûre ? m'enquis-je avec inquiétude.

- Presque 100 % ! Y'a plus de deux mois que j'ai pas vu mes règles. Ça explique la fatigue et le malaise ces jours-ci. Puis, t'as pas vu le volume de mes seins ?

- Que je suis heureux d'entendre cette nouvelle ! Je faillis arracher en même temps la toilette en la soulevant, la fis faire une valse en l'air et l'étreignis infiniment. Paradoxalement, elle n'avait pas l'air content.

- Qu'est qui ne va pas, ma pupille ? Tu sais que nous avions désespérément cherché d'avoir un enfant. Tu devrais être aux anges maintenant !

-       J'sais pas, ça vient tout d'un coup comme ça. Tu sais, les 9 mois ne sont pas faciles, les vomissements, les douleurs et les changements d'humeur. Ensuite, viendront les contractions et l'accouchement, j'ai rien oublié moi !

-       J'sais, j'sais, ça ira bien cette fois aussi !

Avec ma serviette, j'essuyai toutes ses larmes et elle promit de tout faire pour que Coco et les autres ne se doutent de rien. C'était prématuré d'annoncer une grossesse de quelques semaines. La règle d'or chez nous était d'attendre trois mois.

Comme convenu, on devait partir après le petit-déjeuner tardif. Je sirotais mon café au lait lorsque mon beau-père m'interpella de dehors :

-       Viens voir, jeune homme ! Une grande tache s'est dessinée sous votre véhicule et ça sent de l'essence.

Je démarrai le moteur pour voir si la fuite continuerait et détecter son origine. Mes soupçons furent confirmés. Des gouttes d'un liquide jaunâtre tombaient, sporadiquement au départ et plus fréquemment après une demi-minute. Sans nul doute, c'était du diesel. Mais pourquoi la fuite ? Je compris la gravité de la situation. C'était dangereux de conduire le véhicule dans cet état. Combien de temps mettrait le réservoir de diesel avant de s'épuiser ? Au pire, la voiture pourrait prendre feu et exploser avec toute ma famille dedans !

À cette pensée, je coupai le moteur et ouvris la boîte à gang à la recherche du numéro de téléphone de mon assureur-dépanneur NAF.

« *Oh, merde, et merde encore* ! » Un coup de pied dans le pneu.

La boîte à gang était vide. En nettoyant la voiture la veille, nous avions fait sortir tous les documents et avions oublié de les remettre à leur place. Nous avions fait tout ce trajet sans les documents obligatoires sur nous. Quelle chance, nous n'avions croisé aucun policier !

« Attends une seconde, je dois avoir écrit le numéro sur un bout de papier dans mon porte-monnaie ! »

Edmund s'annonça de l'autre côté de la clôture basse, on pouvait voir sa tête.

- Nous devons y aller tout de suite, sinon nous allons rater le ferry !

- À quelle heure devons-nous être là ? rétorqua mon beau-père.

- 11 h 15.

- Et quelle heure est-il maintenant ?

- Euh... 10 h.

- On voit bien que mon ami n'a pas changé l'heure !

Non plus, personne de nous deux ne s'était souvenu de reculer d'une heure pour passer à l'heure d'hiver.

Nous avions choisi NAF parce que nous avions entendu qu'ils étaient rapides à venir secourir leurs clients n'importe quand et n'importe où. Pas moindre, j'avais lu qu'ils étaient membres de la Fédération Internationale de l'Automobile.

À l'autre bout du fil :

- Bienvenue sur NAF, nous sommes joignables tous les jours, pour l'anglais...

- *Épargnez-moi des présentations, je sais très bien qui j'ai appelé...* pour aide routière, appuyez sur la touche... ! et après quelques secondes enfin...

- Allô, que puis-je faire pour vous ? fit une voix grave masculine.

Après les formalités d'identification, carte de membre et plaque d'immatriculation, j'expliquai tranquillement au monsieur la raison de mon appel.

-     J'ai bien noté votre situation. Dans quelques instants, un collègue viendra jeter un coup d'œil et je vous garantis qu'il fera tout ce qu'il peut pour vous aider, conclut-il d'une voix rassurante.

-     Je vous remercie, Monsieur, et espère qu'il ne va pas tarder.

-     Je vous en prie, Monsieur, et bonne chance !

Une demi-heure plus tard, une grosse dépanneuse de couleur jaune se pointa devant le portail. Une dame en salopette, la petite quarantaine, jaillit et sauta à pieds joints. Elle toucha la tache de liquide par terre, porta un doigt à son nez et se tourna vers moi.

-     Votre voiture a une fuite de diesel, ça peut être dangereux. C'est pour cette raison que je vais l'embarquer. Tenez-vous absolument qu'elle soit réparée dans un garage Peugeot ?

-     Garage Peugeot, sinon rien. Mais comment allons-nous rentrer chez nous à Stavanger ? Je dois me présenter au travail demain.

-     Cette question me dépasse, il faut parler avec Oslo. Vous serez informé quand on aura terminé à réparer votre voiture pour venir la chercher.

Les négociations avec « Oslo » ne furent pas faciles. Ils me donnèrent deux options : soit prendre le transport en commun et être remboursé sur reçus, soit emprunter leur véhicule à condition de le ramener à Bergen dans deux jours. Laquelle prendre ? Ni l'une ni l'autre. Mon beau-père nous proposa une troisième, emprunter sa voiture.

-     Quand je viendrai la chercher, ça sera une occasion de passer quelques moments agréables avec mon petit-fils adoré. N'est-ce pas, petit bonhomme ? plaisanta-t-il en soulevant Coco.

CHAPITRE 11
Tunnel sans fin

À 14 h 10, je pris le volant de la Peugeot 3008 empruntée à mon beau-père. Comme nous, il aimait les voitures Peugeot. Selon lui, leurs *designs* étaient des plus originaux et leur confort imbattable. Il trouvait injustes les critiques globalisantes à l'encontre des voitures françaises. D'après lui, aucun fabricant ne pouvait être bon à tout. De plus, la voiture moderne était devenue une sorte d'ordinateur et différait beaucoup de sa mère et sa grand-mère. Il était presque impossible de bricoler soi-même, même pour un ingénieur en construction navale comme lui.

Comme j'avais conduit à l'aller, ma femme devait conduire au retour. L'accord avait été conclu 24 h avant la nouvelle de la grossesse. Comme elle était mal à l'aise, elle me céda le volant. Sauf en cas d'embouteillage, nous devrions être chez nous aux environs de 19 h. Nous ignorions ce qui nous attendait. Personne ne peut prédire l'avenir, nous ne pouvons qu'émettre des hypothèses.

À 18 h 25, entrée dans le tunnel *Byfjordtunnelen*, le dernier tunnel avant d'arriver à Stavanger. Celui-ci était un tunnel sous-marin, 223 m en dessous de la mer, mesurant presque 6 km de longueur. Il avait une forte pente et montée de 8 %, on devait descendre avant de remonter. Pour ne pas trop user le frein, je descendais toujours en 3ème vitesse. Attention, il ne fallait pas rouler à plus de 80 km/h, présence de radars de vitesse !

-       Papa, c'est vrai que nous sommes en dessous de la mer ? demanda Coco.

-       C'est maman qui te l'a dit ?

-       Oui, mais où sont les poissons ?

-     Au-dessus de nous, je vis sa mère réprimer un sourire.

Je ne m'étais jamais soucié de la sécurité dans les tunnels. Que faire en cas d'accidents ou en cas d'incendie ? Grave erreur, on a plus de temps de réflexion avant que pendant. On ne peut pas penser correctement en situation pareille. Et c'est ce qui arriva ce jour-là.

Je me souviens de tout comme si c'était hier soir. Notre voiture venait de terminer la descente, au plus bas niveau dans le tunnel et se préparait à attaquer la montée pour enfin sortir du tunnel. L'idée seule de voyager à 223 m sous la mer peut provoquer des frissons chez certains.

Loin devant nous, un camion descendait vers nous. Il devait être à environ 100 m de nous, ce n'était pas facile de dire avec précision comme la route était droite. Tout d'un coup, le camion se mit à vaciller toujours en fonçant vers nous. La route dans le tunnel avait trois voies et non quatre. Elle en avait deux en montant et une seule en descendant. C'était possible de dépasser un autre véhicule en montant, mais pas en descendant.

Dans sa course, le camion ne ralentissait pas. Je conclus immédiatement que les freins ne marchaient plus. Le chauffeur essayait de maintenir le camion sur la route, mais en vain. Au contraire, il percutait à son passage des voitures qui dépassaient en montant. Par effet domino, celles-ci percutaient d'autres voitures se trouvant sur la voie montante à droite. Je me trouvais sur la voie gauche, car dix secondes auparavant, j'avais tenté de dépasser. Pour être à l'abri, je voulus me remettre sur la voie à droite. Mais personne ne voulut me céder la place, la circulation était très dense. C'était la fin des vacances d'automne et les gens revenaient de leurs maisons de campagne.

Je crois que le chauffeur du camion comprit qu'il pouvait causer une grande catastrophe en le laissant continuer sa descente. Il prit alors une décision courageuse : se servir du mur en béton comme frein. Le choc ne produisit que de grandes étincelles, le camion fut deux ou trois tonneaux avant de s'immobiliser en position horizontale au milieu de la route, en la bloquant. À ce moment, je fermai les yeux et bouchai les oreilles avec mes mains pour ne pas voir ni entendre l'explosion qui allait se produire. Mais rien ne se passa ! Afin de me rassurer que j'étais en vie, j'ouvris les paupières, un œil d'abord et puis un autre.

J'étais bel et bien vivant, j'avais envie de crier. Mais ma joie ne dura pas longtemps. En regardant le camion, je vis une fumée épaisse se dégager de l'intérieur. À ce moment, mille questions me traversèrent l'esprit. « Que va-t-il se passer ? Le camion va-t-il exploser ? Et après toutes les voitures vont exploser ? Et après, tout le tunnel va éclater en laissant l'eau nous envahir ? Allons-nous mourir ensevelis dans ce maudit tunnel ? Allons-nous mourir asphyxiés par la fumée ou par l'eau ? Qu'est-ce qui fait moins souffrir ? »

Je savais que je mourrais, que la mort viendrait un jour. Mais je n'avais jamais imaginé mourir d'une mort si atroce, en présence de ma femme et mon enfant. Les voir mourir aussi ? Hors de question ! Je pris la décision de faire quelque chose. Au moins mourir en luttant que les bras croisés, aller à l'encontre de la mort au lieu de l'attendre. Je décidai de suivre le conseil d'un ami optimiste qui disait souvent « *qu'il y a une solution à tout.*»

Mon corps déclencha un mécanisme de défense automatique. Ma tête se mit à fuir, mais vers où ? Il devait y avoir une issue de secours quelque part. Courir en portant mon fils dans les bras et en laissant ma femme qui ne se sentait pas bien ? Ça serait sauver un en laissant deux ? Pas juste. Pour sauver toute ma famille, il fallait porter ma femme et laisser mon fils marcher. On n'irait pas très loin en emportant ma femme plus la grossesse. De toutes les façons, nous n'avions pas beaucoup de temps pour réfléchir. Je sortis de la voiture en quête d'une solution.

En regardant au loin devant, dans l'espoir de voir le bout du tunnel, ce fut la désolation à la place. Les gens courraient dans tous les sens, un vrai spectacle de guerre. Beaucoup d'entre eux hurlaient, d'autres parlaient avec frénésie au téléphone, peut-être qu'ils essayaient d'alerter la police et les pompiers ou dire adieu à leurs proches. Je fis quelques pas en direction du camion tout en veillant à garder une bonne distance. Sur la droite, quelqu'un poussa un cri de douleur. En essayant de détecter d'où le cri provenait, mes yeux croisèrent une scène à laquelle je n'avais pas pensé. Un ruisseau de sang coulait lentement vers moi. Je ne pouvais pas voir d'où il venait, je conclus que son origine devait se trouver quelque part dans les voitures écrasées par le camion. En me rappelant que ma famille attendait de l'aide dans la voiture, je pris la décision de ne plus regarder le sang.

En regardant derrière dans l'espoir de voir l'autre bout du tunnel dans la direction opposée, ce fut la consternation là aussi. Dans la peur d'une explosion, les gens derrière nous avaient essayé de faire demi-tour afin de retourner d'où ils étaient venus. Dans la précipitation et panique, les voitures allant dans les deux sens étaient entrées en collision les unes et les autres. Résultat : impossible d'avancer, impossible de reculer. Les dévastations étaient si grandes que le tunnel ressemblait à une zone sinistrée après le passage d'un cyclone.

Instinctivement, je tournai la tête dans la direction du camion pour voir si les secours étaient déjà arrivés. Mais personne. Au contraire, le camion brûlait de plus belle et dégageait une grande colonne de fumée très noire et opaque. Pour une raison que j'ignorai, la fumée ne se dirigeait pas vers nous, mais dans l'autre sens. Dommage pour ceux qui se trouvaient derrière le camion et qui n'avaient pas réussi à rebrousser chemin. Pour réussir notre fuite, il fallait aller dans la direction d'où nous venions, vers Bergen et pas Stavanger.

Je pris la résolution de tenter le coup. Le plan consistait à aller chercher ma famille dans la voiture et nous frayer un chemin parmi les débris des voitures et les cadavres. On devait tout faire pour que Coco ne voie pas de sang. Ensuite, marcher le plus rapidement possible, mais ensemble. Peut-être que les secours arriveraient en cours de route.

Des yeux, je cherchais l'endroit où j'avais laissé ma famille lorsque soudain, un black-out s'imposa ! Oh mon Dieu, il ne manquait plus que ça ! Tout d'un coup, nous fûmes dans l'obscurité totale. Où étaient passés les puissants projecteurs qui illuminaient la route ? Que s'était-il passé au juste ? Une panne d'électricité causée par la fumée ? Ou tout simplement les pompiers avaient-ils coupé l'électricité par mesure de précaution ? Nous avions eu assez de difficultés à nous déplacer lorsque le tunnel était éclairé, comment allions-nous fuir dans l'obscurité ?

Malgré la chaleur, je fis demi-tour, en direction de là où je croyais que notre voiture se trouvait. Jusque-là, j'avais réussi à garder mon sang-froid, mais tout d'un coup, j'eus la sensation de ne plus maîtriser mon corps. Un sentiment d'irréalité m'envahit, un sentiment d'être détaché de moi. J'avais très soif, ma bouche était sèche et mon front était tout en sueur. Était-ce la mort qui s'annonçait ou bien juste un système automatique d'autodéfense de mon organisme face à cette panique ? En tous cas, je me sentais très bizarre.

En titubant, j'aperçus sur le côté le sigle SOS, pourtant resté illuminé. De là, je pus enfin parler aux pompiers ! J'avais déjà essayé sur mon portable plusieurs fois auparavant, mais la ligne était toujours occupée.

« S'il vous plait, je vous en supplie, une catastrophe va se produire ici, nous allons tous mourir ici comme des mouches. Il y'a déjà des morts, j'ai vu du sang couler comme un ruisseau. Je ne sais pas combien de temps il nous reste encore avant que le camion n'explose. Imaginez-vous toutes les voitures remplies de carburant ! Nous sommes très nombreux, envoyez-nous toute une armée... » Ils me rassurèrent avec compassion que l'aide n'allait pas tarder à arriver, qu'ils étaient au courant de la situation dramatique dans le tunnel, qu'ils avaient déjà reçu un millier d'appels.

La conversation avec les pompiers me remonta un peu le moral. Le fait de savoir que l'aide venait me poussa à me frayer un chemin dans le chaos. Heureusement que certains chauffeurs avaient pensé à allumer les phares de leurs véhicules.

Après quelques pas, j'eus envie de vomir à cause de l'odeur nauséabonde, un mélange de brulé de caoutchouc, de métal, de béton et d'autres choses que je ne pouvais pas identifier. Je sentais que l'air était très lourd et respirer devenait de plus en plus difficile. Je devins conscient du danger qui me guettait en restant longtemps là-bas, je devais me mettre à l'abri. Les poils de chat ou le pollen à eux seuls pouvaient me faire piquer une grande crise d'asthme, pas besoin d'imaginer ce qu'une fumée d'une aussi grande envergure pouvait me faire !

« *Aïe !* » Mon tibia venait de heurter le devant d'une voiture. Je ne voulus pas penser à la vue qui m'attendait en soulevant mon pantalon.

Lorsque j'atteignis enfin notre voiture, j'étais tout essoufflé. Mon fils et ma femme avaient l'air plus en forme que moi, ils avaient été plus prévoyants. À l'aide d'une bouteille d'eau minérale, ils avaient trempé deux morceaux de tissu qu'ils avaient mis à leurs nez pour ne pas inspirer directement la fumée.

Assis dans la banquette arrière, mon état de santé ne cessait de se détériorer. La gêne respiratoire était devenue plus importante et ma poitrine avait redoublé de sifflements à l'expiration. Pour déboucher mon thorax bloqué, je toussais cinq fois par minute. Au fur et à mesure que le temps passait, je sentais que je me détachais de la réalité. Ma tête était devenue une ruche d'abeille avec des bourdonnements sans arrêt. Ma vision était approximative, les images étaient floues et je percevais mal les détails.

-	Il faut appeler un médecin, t'es tout pâle et ton pouls est au ralenti, s'inquiéta ma femme tout en gardant sa main dans la mienne.

-	Ça va aller chérie, l'aide est en route.

À peine ma phrase achevée, une douleur brutale et spontanée déchira ma cage thoracique. Elle me fut hurler et je perçus le désespoir dans les yeux de ma femme. Mes ongles étaient devenus bleu pâle, je compris que nous n'avions plus beaucoup de temps ensemble.

Avec le peu d'énergie qui me restait, j'étreignis fortement ma femme et mon fils à la fois une longue minute et dis ces mots en frissonnant et tête baissée :

\-   Quoi qu'il arrive, promettez-moi de...

Ma femme ne me laissa pas le temps de dire un mot de plus et protesta.

« Attends chéri, tu vas pas nous quitter comme ça ! Je vais téléphoner et leur dire de se dépêcher... » Je voulus lui répondre, mais aucun son ne sortit de ma bouche, parler était pénible et ma tête semblait vide de mots. Je n'eus pas le courage de regarder en direction de mon fils, lui qui me croyait invincible.

Et sur ces mots, tout devint noir. Je voyais ma femme essayer de me dire quelque chose, mais je n'entendais rien. Comme dans un rêve nocturne, elle me tendait la main, mais je ne parvenais pas à la saisir. De plus j'essayais de l'attraper, de plus elle s'éloignait. Tout d'un coup, elle disparut derrière un rideau noir et opaque comme au théâtre à la fin d'un acte.

***

Subitement, mon cerveau fut branché et se mit à émettre un signal continu. Une lumière lointaine s'alluma et commença à chasser petit à petit les ténèbres qui couvraient l'intérieur de ma tête. Les images étaient floues et avaient des contours mal dessinés. Je me demandai où j'étais et pourquoi j'y étais.

Je sentais que je réfléchissais. *« Je pensais, donc je vivais »*. J'avais l'impression d'avoir été absent de la réalité pendant une éternité. J'avais l'impression de sortir de nulle part, plutôt d'un grand trou d'air. J'avais la sensation de flotter au-dessus de ma tête, comme si quelqu'un d'autre était à ma place.

-       Chéri, c'est moi ta femme, nous avons un petit garçon gentil qui s'appelle Coco, nous habitons Paradis, à Stavanger…

-       Je sais chérie, et comment va le bébé ? balbutiai-je.

Elle ne répondit pas, son visage fit une grimace dont je ne compris pas les sens. L'infirmière qui se tenait debout à côté d'elle se rapprocha de moi. Avec compassion, elle me rassura que tout allait bien et m'expliqua tout ce qui s'était passé. Je n'avais pas inhalé beaucoup de fumée. Mon état d'inconscience avait été causé par une petite intoxication par l'oxyde de carbone et une crise d'asthme. Je venais de passer six jours à l'hôpital et comme j'étais toujours faible pour manger, on me maintenait sous perfusion. Deux jours plus tôt, j'avais porté un masque pour me faire respirer de l'oxygène. Sous peu, j'allais pouvoir rentrer à la maison.

Une semaine plus tard, je quittai enfin l'hôpital et je me sentais presque en bonne forme sauf des maux de tête occasionnels. Ma femme m'apprit que 20 personnes avaient péri dans le tunnel, principalement lorsque le camion avait percuté les véhicules. Les autres étant des personnes qui avaient inhalé de grandes quantités de fumée toxique, surtout celles qui se trouvaient derrière le camion. Elle me raconta comment elle avait appliqué les leçons de secourisme apprises des années plus tôt chez les scouts.

« Quand tu t'es évanoui, tu ne respirais presque plus et ton cœur battait très mal. J'ai alors poussé le siège en arrière, me suis assise à califourchon sur toi et hop : 2 insufflations et 30 compressions thoraciques, 2 insufflations et 30 compressions thoraciques et ainsi de suite… Heureusement, moins d'une minute après, une armada de secouristes, sapeurs-pompiers et policiers sont arrivés et

t'ont emmené en ambulance. Coco et moi avons passé juste deux journées à l'hôpital, car nous n'avions pas été intoxiqués. Rassure-toi, Bébé se porte très bien, il a été lui aussi examiné. »

Elle voulut savoir si je me souvenais de ce qui s'était passé pendant ma période d'inconscience. Lisant le trouble sur mon visage, elle mit sa main sur mon épaule.

-       Oublie ce je viens de dire, c'était pas mon intention de ramener cette histoire-là. Appuie sur « *delete* » et affaire oubliée.

-       C'est pas grave, j'essayais juste de réfléchir. Je ne me souviens pas de tout, mais de certaines séquences.

« *Je voyais plusieurs voitures au loin, le tunnel était illuminé par des feux bleus qui clignotaient continuellement. Je voyais des médecins soigner un homme que je ne connaissais pas. Après, j'entendis le cri d'un nouveau-né et je vis une femme en uniforme vert le nettoyer et l'envelopper dans une couverture blanche. Tout à coup, un monstre se mit à me pourchasser, je courais, je volais sans arriver à destination et quand je me retournai, il était toujours derrière moi. Je me cachais dans différents endroits, mais il finissait par me retrouver. Je ne parvenais pas à voir son visage, mais je pouvais voir qu'il avait des pattes comme un ours brun. Je fus un plongeon sous-marin pour lui échapper, mais il était là, je luttais et luttais… en vain.* »

-       C'est sans doute pourquoi tu poussais des cris de douleurs, nous voyions que tu te débattais. Tout ça est fini, maintenant que nous sommes réunis encore chez nous.

Facile à dire ! Après deux semaines, je n'étais pas encore redevenu la personne que j'avais été. Comme je ne me sentais pas bien, j'étais toujours en congé de maladie. Sans raison apparente, j'éprouvais une immense tristesse et un grand désespoir, la vie n'avait plus de sens. Les choses qui naguère, me procuraient du plaisir ne m'intéressaient plus. Je n'avais plus envie de faire du jogging, passer du temps avec ma femme ou jouer avec mon fils. J'étais tout le temps fatigué, je dormais très mal la nuit. Diagnostic de mon médecin : c'est normal de souffrir d'une dépression après une expérience traumatisante. Il voulut me prescrire des antidépresseurs, mais je refusai. Il me conseilla alors les comprimés de la plante magique orpin rouge.

CHAPITRE 12
Saison éphémère

L e 1ᵉʳ dimanche de l'Avent, environ trois semaines avant Noël, était la date où on devait « allumer » le sapin de Noël gigantesque, à côté de la Cathédrale *Domkirke*, au centre de Stavanger. Nous ne rations jamais cet évènement, Coco ne nous en aurait jamais pardonné.

La période de Noël revêtait une ambiance exceptionnelle chez nous et était riche en traditions et cérémonies. Sauf que le côté trop commercial me gênait parfois. Pendant les quelques jours de repos, Noël nous réunissait en amis, en familles et avec les collègues de travail. Ma femme disait que Noël donnait une occasion d'avoir une pensée pour autrui. Nous mangions des repas spéciaux de Noël comme le *pinnekjøtt* (côtes de mouton salées et séchées), les *svineribber* (côtelettes de porc), *risgrøt* (riz au lait) ou les *peppekaker* (petits biscuits aux épices). Nous devrions nettoyer et décorer notre maison avec des guirlandes, des étoiles et des anges sans oublier un bon sapin de Noël. À l'intérieur de notre maison, ma femme en faisait trop à mon avis. Elle disait qu'elle n'en faisait pas assez. La couleur rouge s'imposait partout : nappe, serviettes, assiettes, verres, bougies, couvert, boules et lanternes, tout était rouge. Les décorations lumineuses et leurs reflets sur la neige donnaient une atmosphère festive aux courtes journées d'hiver qui, autrement étaient sombres.

Nous fîmes deux tours autour du petit lac *Breiavatnet* au cœur de Stavanger. Ma femme avait emporté des restes de pain pour nourrir les oiseaux. Ces êtres qui ne sèment ni ne moissonnent, mais qui ont moins de soucis que la plupart d'entre nous qui travaillons. Elle affirmait que c'était la raison pour laquelle elle avait développé une passion de les nourrir. Elle aimait les admirer lorsqu'ils se bousculaient pour les graines dispersées au sol. Coco, lui aimait les prendre en photos sur les deux mangeoires installées dans notre jardin. Notre voisine avait appris à ma femme quelles précautions prendre pour éviter les maladies, surtout au printemps et en été. Moi, j'avais beaucoup plus peur de la grippe aviaire.

En rentrant à la maison, on décida de prendre le chemin le plus long. On voulait profiter au maximum de l'air frais. Coco insista pour que l'on s'arrête sur le quai. Il voulait contempler le grand bateau qui allait traverser l'Atlantique. On s'arrêta encore une fois à côté du musée du pétrole *Norsk Oljemuseun*. Vu de loin, ce building avec une architecture singulière et ressemblait à une plateforme pétrolière. Coco voulait admirer les oies et les canards dans l'eau.

-       Maman, je veux faire pipi !

-       Fais-le dans l'eau, c'est le seul endroit ici !

En traversant le quartier *Storhaug*, nous marchions main dans la main, en nous embrassant de temps en temps comme deux adolescents. Plus tard dans la soirée, ma femme improvisa un moment d'intimité dans la salle de bain, mais mon corps fut incapable de satisfaire son désir. Elle essaya de me tranquilliser.

-       C'est pas bien grave mon amour, ça peut arriver à tout le monde d'avoir une panne ! Je connais mon homme, il a besoin de bonnes vacances.

-       Et Madame a une suggestion ?

-       Je n'ai pensé à rien de précis. Un jour, tu m'avais parlé de visiter les îles Caïmans, tu y tiens toujours ?

-       Je ne sais pas. Mais j'ai une autre idée. On pourrait visiter le Burundi. Tu sais que je vous ai toujours promis, toi et Coco, qu'un jour je vous emmènerais à ma terre natale. Et voilà, j'ai failli mourir sans le faire !

-       Génial, l'idée me plait. Et ta grossesse ?

-       Pas de problème à ce stade-ci.

Le jour du départ fut fixé au 12 janvier. Nous devrions réserver nos billets le plus vite possible. Il fallait choisir entre les trois compagnies qui desservaient Bujumbura régulièrement : Ethiopian Airlines, Kenya Airways et Brussels Airlines. Le mieux pour nous était de faire le moins d'escales. On opta alors pour Brussels Airlines qui n'en faisait qu'un. On quitterait Oslo à 6 h 30 et on arriverait à Bujumbura le même jour vers 21 h avec une escale à Bruxelles de deux heures seulement.

Je savais que le temps allait passer vite à cause des préparatifs de Noël. On devait, entre autres, acheter autour de 40 cadeaux à donner à des amis, parentés, collègues et à leurs enfants. On devait dresser une liste, veiller à n'oublier personne, emballer les cadeaux et les livrer, que de travail ! Les plus prévoyants achetaient les cadeaux bien en avance pour éviter le stress de la dernière minute. Évidemment, nous n'avions pas pu faire les courses de Noël à cause de l'accident dans le tunnel.

La veille, ma femme avait acheté un Calendrier de l'Avent à notre fils, sinon il allait être accablé de chagrin. Le compte à rebours avait commencé pour lui. Chaque jour, il allait ouvrir une fenêtre portant la date du jour pour découvrir le cadeau surprise, pendant 24 jours. Il avait le droit de n'ouvrir qu'une fenêtre par jour, ne pas toucher à la fenêtre du jour suivant, jusqu'à la veille de Noël. Tout au long de cette période, ses yeux brillaient d'anticipation et enthousiasme. Chaque fenêtre ouverte le rapprochait de Noël d'un jour.

Quelques jours plus tard, Coco nous rappela de ne pas oublier *Santa Lucia*, le 13 décembre. On devait lui acheter une longe « robe » blanche et ne pas oublier de lui préparer beaucoup de *lussekatt,* ces petites brioches jaunes au safran. Quand ma femme m'expliqua l'origine de la fête de *Santa Lucia,* je ne compris pas grand-chose. Je retins juste que Lucie était une fille généreuse venant d'Italie et morte en martyre autour de l'an 200 apr. J.-C. Son nom signifiant « lumière » en latin, les gens disent qu'elle apporte la lumière pendant la période la plus noire en hiver.

Coco devait prendre part à une procession organisée à son école maternelle. Les enfants font des tours en suivant une fillette vêtue d'une longue robe blanche, une bougie à la main et une couronne de bougies sur la tête. Le soir, ils vont toquer chez les voisins pour vérifier si les préparations pour Noël vont bon train. En retour, ils reçoivent des bonbons pour leurs gentilles visites.

Les jours après la *Santa Lucia* furent difficiles pour ma femme, on se demandait s'il ne fallait pas remettre à plus tard notre voyage au Burundi. Elle se plaignait d'une fatigue constante, une envie irrésistible de dormir. Elle ne pouvait presque plus garder les yeux ouverts lorsqu'elle s'asseyait sur le canapé. Les nausées et vomissements apparurent également. Elle ne supportait plus certaines odeurs qu'elle aimait normalement. Elle pouvait vomir sans avertissement lorsqu'elle sentait entre autres l'odeur des clémentines ou du café. Pourtant, c'était elle qui m'avait initié à la boisson. Je n'avais plus le droit de faire du café à la maison, je devais le boire dehors. On n'avait pas non plus l'autorisation d'acheter les clémentines. C'était difficile, c'était leur saison et elles étaient bon marché. Au réveil, elle avait un estomac barbouillé et elle devait attendre au moins 30 minutes avant d'avaler quoi que ce soit.

Et Noël arriva enfin ! Cette année-là, Noël n'était pas Noël principalement à cause de l'état de ma femme. Je n'avais pas encore retrouvé ma forme normale, moi non plus. L'ambiance de fête n'y était pas vraiment. Heureusement que mon beau-père avait accepté de passer les fêtes de fin d'année avec nous. Il nous aidait beaucoup avec Coco, personne de nous n'avait l'énergie nécessaire pour s'occuper de lui.

Le 24 décembre avant-midi, mon beau-père était allé faire les dernières courses. Ma femme et moi avions apporté la dernière touche à la décoration et propreté pour le réveillon de Noël, moment le plus important pour nous. À 16 h, c'était la messe à l'église *Saint Johannes*, non loin de chez nous, à *Storhaug*.

Les quelques minutes de marche dans la fraicheur nous firent du bien. La messe fut également un moment agréable. Le message était simple et compréhensible et à ma grande surprise avait du sens. Je savourais le plaisir de chanter des chants joyeux avec les autres. En fredonnant mon hymne favori *Stille natt*, Douce nuit, une vague de frissons balaya mon corps. Le décor était aussi impeccable : un grand sapin bien décoré (boules rouges ou dorées, guirlandes, des anges et une grande étoile), des couleurs mosaïques et des dizaines de bougies allumées. L'atmosphère me renvoya à mon enfance.

À 17 h, les cloches des églises résonnèrent pour annoncer la célébration de Noël. Retournés à la maison, nous étions devenus plutôt de bonne humeur. Personne ne comprenait comment et pourquoi cela était arrivé, mais l'expérience de la messe nous avait remonté le moral. Deux heures plus tard, nous étions réunis pour partager le repas de Noël en toute intimité familiale. Les cadeaux avaient déjà été disposés sous le sapin pour être déballés plus tard dans la soirée.

Dehors, la neige tombait abondamment. À travers la fenêtre, je regardais avec admiration les grands flocons de neige avec des formes magnifiques. Chaque flocon était unique. Certains avaient une forme d'étoile, d'autres une forme hexagonale et bien d'autres formes difficiles à décrire. Quand il cessa enfin de neiger, j'invitai Coco à me rejoindre à l'extérieur. Je savais qu'il adorait jouer dans la neige et surtout faire un grand bonhomme de neige presque de sa taille. J'aimais déblayer la neige. C'était un bon exercice physique qui me faisait transpirer. Les voisins étaient aussi dehors, on n'entendait que le bruit des pelles et des enfants se lançant des boules de neige. Après 45 minutes, j'étais parvenu à créer un sentier étroit jusqu'au portail. Mais mon dos était tout en feu.

Plus les jours avançaient, plus l'anticipation grandissait. Je n'y avais pas mis les pieds en 9 ans et je brûlais d'envie de revoir mon pays natal. On allait échapper à l'hiver pendant quatre bonnes semaines. Ma femme me posait sans cesse des questions sur la sécurité. Je lui disais qu'elle était en général bonne, mais qu'il fallait être prudent. Comme dans beaucoup d'autres villes, certains endroits étaient absolument à éviter surtout après la tombée de la nuit. Tout était prêt pour notre voyage. Nous avions tous les trois pris des vaccins, notamment contre la malaria, l'hépatite A et la typhoïde en plus d'autres vaccins pris antérieurement.

Pour ne pas laisser les cambrioleurs comprendre que nous étions absents pendant longtemps, notre voisin

Georg avait accepté de faire rentrer le courrier dans notre maison, chaque jour. Il devait aussi garder les yeux ouverts afin de détecter tout mouvement anormal d'inconnus. Nous lui avions laissé la clé pour veiller à ce qu'il ne fasse pas très froid à l'intérieur. Dans ce cas, il devait augmenter la température de la pompe à chaleur qui resterait allumée à basse température. Nous lui faisions la même faveur lorsque sa femme et lui partaient en vacances dans leur maison en Italie. Afin de prévenir le gel et l'éclatement éventuel des tuyaux d'eau, j'avais fermé la vanne principale se trouvant à la cave. J'avais aussi débranché les appareils électriques qui n'étaient pas indispensables.

CHAPITRE 13

Retour dans le passé

Le jour de notre départ, 12 janvier, il faisait – 22 °C à Oslo contre – 10 °C à Stavanger. Nous avions passé la nuit dans un hôtel non loin de l'aéroport Gardemoen, notre avion décollait à 6 h 30 du matin. Nous avions six grosses valises et je ne devais pas trop compter sur ma femme pour les transporter. Ces valises étaient surtout pleines de cadeaux à des amis et parentés ainsi que les jouets de Coco.

Le voyage s'annonçait stressant et ne manqua pas d'incident. À l'aéroport de Bruxelles, un agent de douane m'interpella alors que je passais dans le compartiment « *Rien à déclarer.*» Je fus irrité par le fait que je fus le seul à être arrêté. Ma femme était devant moi et ne fut pas du tout inquiétée. En plus, je savais que je n'avais rien à déclarer. Ma femme fut incapable de se contenir, revint vers nous et lança d'une voix furieuse :

\-	Monsieur, pourquoi l'arrêtez-vous ? À cause de la couleur de sa peau, sans doute ? Mon mari sait lire et écrire quand même ! Il est passé par ici parce qu'il sait qu'il n'a rien à déclarer.

\-	Madame, vous n'allez pas m'apprendre à faire mon travail. C'est moi qui décide qui arrêter et qui laisser passer. Pour citer mon code déontologique, c'est *un pouvoir discrétionnaire*. À présent, laissez-moi faire mon travail, ordonna l'agent.

Je ne voulus rien dire, mais j'avais la gorge nouée. Ma bouche était en feu et je sentais l'air siffler dans mes narines comme un buffle en colère. Après quelques minutes de fouille, je me contentai de lancer d'un ton moqueur à l'endroit de l'agent.

-       Terminé ? Il ne répondit rien et s'éloigna.

L'Airbus se posa sur le tarmac de l'aéroport international de Bujumbura cinq minutes avant l'heure initialement annoncée. À la sortie de l'avion, nous fûmes accueillis par une vague de chaleur, comme quand on retire le couvercle d'une marmite sur le feu. Un sentiment de retour dans le passé m'envahit et je faillis pleurer à la vue des lumières sur les collines lointaines qui m'étaient familières.

Ma surprise fut grande à la vue de la foule nombreuse venue nous accueillir. Pourtant, je n'avais informé que trois personnes de notre venue prochaine : un oncle, une tante et un ancien collègue de travail. Nous avions loué une jolie maison de passage au quartier Gatoke tout y compris : meubles, service de table, cuisinier et sentinelle. Pendant quatre bonnes semaines, nous allions vivre comme des princes. Dormir et se réveiller quand on voulait et trouver la nourriture bien servie à table. Surtout pas de ménage à faire, ni de table à débarrasser.

Le lendemain, ce fut la promenade dans les rues de Bujumbura. Nous savions qu'il fallait faire attention aux pickpockets. Je savais particulièrement que nous étions une proie facile à cause de la *muzungu*, la blanche, qui était avec nous. Ma ville avait beaucoup changé. La dernière fois que je l'avais vue, c'était en 1998 et la situation sécuritaire et économique était tout autre. Le Burundi était alors en guerre civile et sous embargo économique. On avait construit plus de maisons luxueuses et les routes avaient été refaites. Mais j'avais l'impression que la population était passée au triple. Contrairement à Stavanger, les gens ne semblaient pas dormir, ils allaient et venaient dans tous les sens, à presque n'importe quelle heure de la journée. Le vacarme était partout : les klaxons de bus et taxis, la musique des bars ou les cris des vendeurs ambulants.

Après 30 minutes de marche, nos habits étaient tout trempés de sueur. J'avais la sensation d'avoir une couche épaisse de graisse sous la peau. Pour la faire fondre, nous fîmes du jogging le long du lac Tanganyika. Après la douche, ce fut une visite dans un cabaret non loin de notre maison dans le quartier. Ma femme me fit remarquer que presque tout le monde avait une grosse bouteille de bière devant soi. Elle voulut goûter à la bière Amstel, mais se souvint qu'elle était enceinte. Et sa grossesse progressait normalement, les soucis du mois antérieur avaient cessé. De temps en temps, même Coco lui demandait si le bébé se portait bien à l'intérieur.

« *Maman, il mange bien ? Comment fait-il pipi, et kaka* ? »

Ma femme et mon fils se régalèrent des brochettes de viandes et poissons grillés accompagnées de frites de bananes ou de pommes de terre. Tous les deux tombèrent amoureux de la brochette de viande de chèvre.

Naturellement, ma femme qui avait grandi au bord de la Mer de Norvège adorait le poisson. Elle tomba amoureuse du mukeke, ce poisson du lac Tanganyika. Elle disait qu'il avait un goût et arôme tendre et singulier. Elle mangeait tout le poisson, de la tête à la queue, sauf les yeux. Par contre, elle n'aima pas du tout les ndagalas, ces petits poissons que l'on ne trouve nulle part ailleurs quand dans le lac Tanganyika.

Les jours suivants se passèrent très bien, ils furent de véritables jours de vacances. Nous avions loué une voiture pour pouvoir visiter le maximum d'endroits possibles. J'avais pris trois jours pour m'habituer à la façon de conduire là-bas. On visitait de beaux endroits touristiques, on nageait dans le lac Tanganyika et on visitait des restaurants.

Après deux semaines, la Norvège commença à nous manquer. Curieusement, à moi aussi ! Notre maison, les amis, la nourriture et même le silence nous manquait ! Nous avions toujours de la visite chez nous. Certains débarquaient sans avoir téléphoné à l'avance. Très souvent, ils arrivaient au mauvais moment, quand nous étions sur le point de sortir, quand nous faisions la sieste, au pire en notre absence. Moi, ça ne me posait aucun problème, je savais que c'était la coutume là-bas. Par contre, ça gênait un peu ma femme. Elle ne put réprimer un geste d'étonnement lorsqu'en rentrant un samedi soir, elle vit une femme inconnue endormie dans un fauteuil à notre véranda. La sentinelle nous dit qu'elle était là depuis environ trois heures et qu'elle avait apporté un régime de bananes et un coq. Visiblement, elle était venue de la campagne. Mais qui était-elle ?

Après analyse de son visage toujours endormi, je ne parvins pas à savoir qui elle était. C'était peut-être une parenté lointaine que je n'avais pas reconnue à cause du temps passé. La réponse ne se fit pas tarder. L'inconnue ouvrit les yeux et sans me laisser le temps de continuer ma réflexion, elle me sauta dessus et faillit m'étrangler.

- Oh mon Dieu, que tu as grandi ! Mon petit Coco n'a pas beaucoup changé ! Je demeurai confus, toujours incapable de mettre un nom à son visage. Lui demander aurait été impoli. Heureusement, elle s'en doutait.

- Je suis Maria, la nourrice qui travaillait chez vous quand tu étais petit, tu devrais avoir 6 ans quand j'avais commencé.

Et les souvenirs me revinrent. Elle avait travaillé chez nous plusieurs années et était restée même après la mort de mon père. Comme notre voiture avait été déclassée dans l'accident en même temps que mon père et mon frère, c'était difficile de me rendre à l'hôpital pour faire soigner ma jambe fracturée. Heureusement, Maria me portait sur son dos jusqu'à l'arrêt de bus, aller et retour, comme son propre enfant. Je me souvenais de la scène comme c'était la veille. Mais qu'est-ce qu'elle avait vieilli ! C'était clair qu'elle avait vécu dans des conditions difficiles.

Elle resta chez nous pendant deux jours et j'en profitai pour lui poser des questions restées longtemps sans réponses sur l'accident. Jeune, j'avais lu dans les yeux de maman qu'elle ne voulait pas en parler. Ça me fit du bien de parler à Maria, j'avais le sentiment d'avoir retrouvé une amie d'enfance. Ce fut aussi une occasion d'aller nous recueillir à la tombe de mon père, de ma mère et de mon frère jumeau. Comme une confirmation que la guerre avait emporté beaucoup vies humaines, le petit cimetière de Mpanda que j'avais jadis connu, était devenu un grand village avec d'innombrables croix. Sans l'aide d'un oncle, il nous aurait été impossible de retrouver les tombes des nôtres.

De retour à la maison, je voyais que Maria avait quelque chose d'important à me dire. Elle ne parvenait pas à s'exprimer, les mots l'étouffaient. Pour lui faciliter la tâche, je demandai discrètement à ma femme et à mon fils de nous laisser seuls. Elle saisit l'occasion et commença timidement.

- Mon enfant, tu es mon ange gardien, ça ne peut être que mon Dieu qui t'a envoyé.

Et elle me raconta sa galère. Elle avait une montagne de problèmes : elle avait un asthme et des maux de dos chroniques, elle n'avait aucune source de revenus, elle risquait d'être chassée de sa propriété foncière en procès contre son voisin, son mari était emprisonné à l'hôpital depuis deux mois pour facture impayée de 800.000 FBU, environ 1000 dollars américains, après une opération à l'estomac, la liste était très longue.

Je pris la résolution d'aider cette femme qui avait pris soin de moi quand j'étais petit. Ma femme n'avait aucune objection. Le lendemain déjà, son mari sortit d'hôpital. On lui ouvrit un compte bancaire dont elle pourrait disposer « *en bon père de famille* ». Quelque temps plus tard, elle nous envoya « *mille bénédictions* » pour lui avoir permis d'avoir de l'argent de poche. Dans ses propres termes, elle était devenue riche, elle qui pouvait finalement avoir un peu d'argent pour elle, quand elle voulait.

Le temps passait vite et c'était évident que je ne pourrais voir même pas la moitié de mes parentés. Une idée me vit alors à l'esprit : les rassembler lors d'une fête qui fut baptisée « fête de fin d'année un peu tardive ». Ce fut une occasion de rencontrer mes oncles, tantes, cousins, cousines, neveux, nièces, leurs enfants et leurs amis.

Lorsque le temps de retourner en Norvège arriva, j'avais un sentiment de « mission accomplie ». J'avais finalement montré à ma famille l'endroit où j'étais né et avais grandi ! Ils m'en remercièrent et affirmèrent qu'ils avaient passé des vacances uniques. Ils promirent d'y retourner souvent.

Nous étions tous impatients de revoir notre maison à Stavanger. L'avion devait quitter Bujumbura à 21 h, mais nous ne serions pas chez nous avant 19 h le lendemain. Nous devions faire une escale de quatre heures à Bruxelles comme à l'aller. L'avion devait aussi atterrir à Nairobi un petit moment pour prendre d'autres passagers. Tout le monde devait rester dans l'avion, personne ne pouvait sortir. Pour avoir assez de places à nos longues jambes, nous réservions toujours les bonnes places à la première rangée. Jambes croisées, cheville posée sur le genou de l'autre jambe, je faisais le bilan de notre séjour au Burundi. Soudain, la lumière en cabine baissa et une voix féminine annonça : « *Madame, Monsieur, nous abordons notre descente vers Nairobi. Veuillez regagner votre siège, assurez-vous que vos bagages à main sont placés soit sous le siège devant vous, soit dans les...* »

Coco ne la laissa pas finir sa phrase, il vomit tout le sandwich qu'il venait de manger. En quelques secondes, son T-shirt devint tout mouillé. Comme je ne pouvais pas me lever pour l'assister, je me contentai de le cajoler sous une petite couverture en le rassurant que tout allait bien. Quand l'avion s'immobilisa enfin, je me précipitai pour lui changer les habits. Je lui mis un sous-pull et un collant en laine que j'avais dans mon bagage à main juste au-dessus de nous. Une femme se joignit à nous, les gens autour de nous avaient remarqué que l'enfant n'allait pas bien.

- Monsieur, cet enfant a besoin d'un médecin, indiqua-t-elle en soulevant les paupières de Coco.

Ce n'était pas difficile de voir qu'elle était du métier, elle portait un T-shirt avec inscription « Médecins Sans Frontières. » Elle avait raison, Coco avait l'air faible et semblait s'éloigner de nous. Je revis le cauchemar du jour où il avait évacué inconscient en ambulance après une mauvaise chute d'un portique à l'école. Heureusement, il n'y resta que deux jours. Il avait juste eu un choc psychologique, rien de cassé.

- C'est très risquant de le laisser continuer le voyage dans cet état. Vous savez que les enfants sont fragiles. Je ne suis pas si sûre s'il peut tenir 8 heures de vol. Peut-être a-t-il attrapé une maladie grave comme la malaria, le choléra, la méningite ou la fièvre typhoïde !

Mon regard croisa celui de ma femme et je devinai ses pensées. Rester dans un hôpital à Nairobi ? Combien de temps ça prendrait ? Un de nous pouvait rester avec Coco. Dans ce cas, c'était mieux que ce soit moi, car je parlais la langue locale et comprenait la culture. Le problème, mon congé touchait presque à sa fin.

-	Papa, ça va maintenant. Je n'ai plus froid, coupa Coco.

-	Oh, mon garçon, tu nous as fait peur. T'es sûr que ça va ?

-	*Yes*, fit-il avec un hochement de tête.

-	C'était juste un problème de froid, dis-je d'une voix incrédule.

-	Il est resté longtemps avec des vêtements mouillés. Je vous souhaite alors un bon voyage, opina la femme de « Médecins Sans Frontières » et regagna son siège.

Plus tard, nous apprendrions que Coco souffrait de la cinétose appelée aussi maladie du mouvement. Cela expliqua pourquoi il vomissait souvent dans le ferry surtout les jours de tempête. D'après son médecin, la nausée était le résultat d'un désaccord entre son système de vision et son système à la base du sens de l'équilibre. Il lui prescrit des médicaments qu'il devait toujours prendre avant tout voyage.

Nous étions très fatigués lorsque nous arrivâmes enfin chez nous. Comme convenu, Georg avait mis tout notre courrier dans un carton posé sur une table. Toutes les valises furent entassées dans une chambre, le déballage pouvait attendre le lendemain. En regardant par la fenêtre, j'aperçus Georg, sa femme et leur chien revenir d'une promenade. Ce fut l'occasion d'aller leur dire merci et leur remettre leurs cadeaux : une chemise à Georg, une robe à sa femme, toutes les deux en pagne wax, et du café arabica du Burundi. Malheureusement, rien pour le chien, on l'avait oublié !

CHAPITRE 14

Rien ne fut plus pareil

La date probable d'accouchement avait été fixée au 11 juin. Nous avions décidé de ne pas connaitre son sexe, nous voulions le découvrir à l'accouchement en même temps que les autres. Une semaine avant l'accouchement, je ne comprenais pas grand-chose quand ma femme disait que le bébé était descendu. Elle affirmait qu'elle le sentait appuyer sur sa vessie. Je ne fus nullement surpris lorsque le lendemain, très tôt le matin, ma femme affirma que le bébé voulait sortir plus tôt que prévu. Elle se plaignait d'une douleur à l'utérus, qui ressemblait à des crampes. Fallait-il déjà se rendre à l'hôpital ? Selon les dires de la sage-femme qui avait suivi la grossesse, pas encore.

Elle nous avait fait comprendre qu'il fallait attendre les vraies contractions. Elle nous avait aussi rappelé que venir très tôt ne servait à rien. Personne n'allait tirer l'enfant du ventre de sa mère avant que toutes les conditions ne soient réunies. Il fallait donc attendre que les contractions soient régulières et qu'elles surviennent à des intervalles de cinq minutes depuis au moins 1 heure. Nous avions reçu les mêmes informations quand nous avions eu notre 1er enfant, mais nous les avions oubliées. En plus, il paraît que chaque grossesse est unique.

À 15 heures, c'était clair qu'il était temps de se rendre à la maternité. Ma femme agonisait. Elle disait que les contractions partaient de partout : des cuisses, du dos, du bas ventre et elles étaient régulières comme la sage-femme nous l'avait expliqué. Plus inquiétant, ma femme affirmait qu'elle perdait ses eaux à la vue de l'écoulement sans interruption du liquide claire et inodore. Elle disait que cela pouvait être dangereux pour le bébé. Sans attendre, je composai le numéro de la maternité à l'Hôpital Universitaire de Stavanger, SUS. Mais la jeune femme à l'autre bout du fils semblait suggérer d'attendre un peu.

« *Écoutez madame, nous ne pouvons plus attendre une seconde, je crois avoir vu le pied du bébé. Nous venons immédiatement !* » protestai-je en allant chercher la « valise bébé », comme ma femme l'appelait.

Arrivé au niveau du building de la Police, je fus consterné à la vue de l'embouteillage sans fin devant nous. Un coup d'œil dans le rétroviseur, je fus accueilli par la même vue. Un coup d'œil à l'intérieur, pas de répit à ma femme. Je réfléchis une seconde et conclus que « *même la loi va comprendre dans cette situation!* » Je mis les feux de détresse et empruntai la voie de bus et taxi. En dix minutes, on était à l'hôpital.

Ce n'était pas difficile de retrouver la maternité, on n'avait qu'à suivre les marques de pied rouges par terre. On avait voulu faciliter la tâche aux gens qui venaient accoucher, on savait qu'ils étaient stressés. L'infirmière se présenta :

- Je m'appelle Monica, c'est moi qui vais m'occuper de vous jusqu'à 21h. Une collègue prendra la relève pendant toute la nuit et moi, je reviendrai demain matin à 8 h.

Après avoir rassuré ma femme, l'infirmière l'examina et enchaîna d'une voix gentille.

- C'est bon, ouverture à deux doigts. Le travail a déjà commencé. Continuez comme ça. N'oubliez pas de boire de temps en temps et souvenez-vous de changer de position régulièrement. Je serais dans la pièce à côté. Si vous avez besoin de quelque chose, appuyez sur ce bouton rouge. Et elle s'éclipsa.

À minuit, toujours rien. Pas de bébé. J'étais préparé à attendre. Par expérience précédente, je savais que le travail pouvait durer très longtemps. Pourtant, ça me faisait de la peine de voir ma femme s'affoler désespérément. Elle hurlait de douleur à chaque contraction. Mais elle n'était pas la seule. Dans le corridor, j'avais croisé une femme en travail crier sur son mari qui pourtant lui tenait le bras en l'aidant à marcher. Elle l'insultait : « *Tout ça, c'est à cause de toi. Tu sais que je ne voulais pas ce bébé. Tu dois être content parce qu'il ne sort pas à travers ton pénis. Hein ? Tu es nul, j'aurais dû prendre quelqu'un d'autre…* » À tout cela, le mari ne répondit rien. Il semblait comprendre que les contractions étaient insupportables.

Après le énième toucher vaginal, l'infirmière n'était pas non plus satisfaite.

- 4 cm ! dit-elle simplement.
- Et si je ne me trompe, le bébé va sortir à 10 cm ? demandai-je en me passant la main dans mes cheveux.
- Exact ! Comme votre femme souffre et vu la progression de la dilatation, je proposerais la péridurale. Après, elle ne sentira plus les contractions.

Sa réaction ne se fit pas attendre.

- Jamais ! Je sais qu'elle est dangereuse, en plus d'être douloureuse. Je ne veux pas être paralysée pour la vie. En plus, j'ai un tatouage sur le dos, explosa-t-elle en tapant du poing sur la table.
- La plupart des effets secondaires de la péridurale sont inoffensifs, les accidents graves ne se produisent presque jamais. Pour le tatouage, ça dépend de sa taille et de son emplacement, renchérit l'infirmière en choisissant ses mots avec soin.

-	M'en fiche de votre pérido… ! Maintenant, ce que je veux, c'est une césarienne. Appelez-moi le médecin de garde, je veux qu'il m'arrête ce calvaire, elle éclata en sanglots.

-	Madame, vous n'êtes pas la première ! Croyez-moi, vous allez me supplier de revenir, ironisa l'anesthésiste qui jusque-là s'était tenu à l'écart.

Une envie soudaine de sauter sur ce minable cruel et de l'étrangler me prit, mais je fus assez brave et ne dis rien.

On avait essayé d'autres solutions pour ne pas sentir la douleur, mais sans grand effet. On avait essayé deux types de massage et on avait passé presque une heure dans la baignoire en prenant un bain chaud. À intervalles réguliers, l'infirmière vérifiait si le bébé se portait bien à l'intérieur. Lorsque le médecin vint enfin, il nous expliqua qu'il n'était pas encore temps de décider de faire une césarienne. Il nous conseilla par contre d'accepter la péridurale et voir comment les choses évolueraient.

Je n'osais pas avouer que j'étais fatigué. Je savais que j'étais partiellement responsable comme avait dit l'autre femme à son mari. Après tractations houleuses avec ma femme, elle accepta la péridurale. Après tout, nous savions que la péridurale était devenue incontournable. Ma femme poussa un petit cri lorsque l'anesthésiste inséra une aiguille dans son dos. Mais après ça, plus rien. Elle dormit comme une pierre.

Le lendemain vers 11 h, on était dans l'impasse. Son col ne semblait pas s'ouvrir davantage et était à 7 cm depuis deux heures. Pire encore, le bébé ne descendait pas. Le médecin jugea la situation dangereuse et décida une césarienne. Exactement comme au premier enfant. Les médecins avaient dit que ma femme avait un bassin étroit.

Pourquoi l'avoir laissée souffrir si longtemps avant de faire la césarienne ? Ils avaient affirmé que pour le 3ème enfant, ça serait automatiquement une césarienne.

Dans la salle d'opération, habillé en vert de la tête au pied comme un chirurgien, je suivais avec intérêt la conversation entre les deux médecins et l'infirmière. Je ne pouvais pas les voir, mais je les entendais. Pour ne pas voir ce qu'ils faisaient à ma femme, ils avaient placé un rideau au niveau de sa poitrine. À 12 h et 8 minutes, un autre garçon nous était né. On avait décidé que le bébé s'appellerait Jean Paul, prénom de mon frère jumeau décédé, s'il était un garçon et Deborah s'il était une fille.

Cependant, j'étais un peu déçu. J'aurais aimé que ma femme accouche de façon normale. J'aurais souhaité toucher l'enfant le premier. Si possible, aider les infirmières à le tirer du ventre de sa mère, dès la sortie de sa tête.

***

Après l'accouchement, ma femme se jura de tout mettre de côté afin de bien se reposer pendant son congé de maternité. Elle avait deux options : 10 mois avec 100 % de son salaire ou 12 mois avec 80 % de son salaire. Le plus important pour elle était de rester à la maison le plus longtemps possible, elle choisit la 2ème option. Dans les deux cas, j'avais aussi droit à trois mois de congé, moi aussi devais goûter au plaisir de garder mon enfant. Ce fut une expérience aussi enrichissante que fatigante. Un samedi soir, je chantais « *Baa, baa, Mouton noir* » à Jean Paul quand je remarquai que son grand frère boudait dans un coin.

Son comportement avait changé ces jours. Je le sentais plus agressif et agité. Je m'approchai pour lui faire un câlin, mais il me repoussa.

-       Je déteste ce bébé, faut le remettre à l'hôpital ! il jeta son jouet par terre.

-       Mais si, tu aimes ton petit frère, voyons !

-       Depuis qu'il est venu chez nous, personne ne joue plus avec moi ! il éclata en sanglots.

-       Chut, ça va aller mon trésor ! Souviens-toi, les grands garçons ne pleurent pas tout le temps.

« *Comment les choses sont-elles arrivées là sans que je m'en aperçoive* ? » Il accepta enfin que je le prenne dans mes bras. Je le laissai exprimer ses émotions, mais lui expliquai que la brutalité était inacceptable.

Après les 12 mois, ma femme prit encore 12 mois de congé non payé pour rester davantage avec l'enfant. Sa position était claire, pas question d'envoyer son enfant à la crèche avant l'âge de deux ans. Elle se contentait des 3000 couronnes que les services sociaux lui versaient, même si le montant était inférieur au dixième de son salaire net.

À 20 mois, JP comme on l'appelait tout simplement, était un bébé joufflu et en bonne santé. Il traversait une période exigeante. Il devait être surveillé à chaque instant. Un petit moment d'inattention pouvait être fatal. Beaucoup de dangers se trouvaient dans son champ d'action. Nous avions pris un certain nombre de précautions : barrière de sécurité dans les escaliers, grille de protection sur la cuisinière, bloque-portes, bloque-placards, bloque-tiroirs, cache-prises, pare-feu autour du poêle à bois et TV placée en hauteur. Comme il mettait à la bouche tout ce qu'il ramassait, nous devions passer un bon coup d'aspirateur et nettoyer la maison chaque jour.

Même si elle était toujours en congé, ma femme se plaignait de surmenage, surtout pendant mon absence de deux semaines. Elle ne dormait pas bien, car JP se réveillait beaucoup de fois la nuit. C'était pire lorsqu'il était malade. Et il l'était souvent, son grand-frère lui passait les virus et bactéries qu'il ramenait d'école. C'était impossible de dormir trois heures d'affilée. On dormait toujours en pointillé, et cela nous mettait en mauvaise humeur le lendemain.

Les premiers mois après l'accouchement, ma femme avait piqué une petite crise de dépression post-natale. Elle disait qu'elle était tout le temps épuisée, qu'elle se sentait malheureuse et qu'elle avait souvent envie de pleurer. Le médecin lui conseilla de faire un peu de marche en promenant le bébé dans sa poussette, de bien se reposer, de manger sain et fréquenter les groupes des autres mamans.

Côté amour, les choses n'étaient pas plus roses. Je la sentais distante malgré mon comportement affectueux. Le sexe était devenu un produit rare et très sporadique, je devais attendre qu'elle prenne l'initiative. L'infirmière nous avait dit d'attendre au moins quatre semaines. Moi, j'avais attendu dix bonnes semaines. Cependant, ma femme n'en avait pas très envie. J'avais l'impression qu'elle avait été traumatisée par les touchers vaginaux sans ménagement à l'hôpital. Elle laissait rarement un doigt s'approcher de ses parties intimes. Celles-ci étaient devenues un champ miné avec clôture électrique.

Ce qui me dérangeait le plus, c'était nos disputes incessantes. Nous ne nous écoutions plus, chacun campait sur sa position. Et parfois par colère, on se manquait de respect. Je mis en avant mon mécanisme de défense habituel, me taire. Aux critiques, je répondais par le silence. Cela irritait ma femme, elle multiplia les mots, mais finissait par se calmer à la fin. Je ne me taisais pas pour éviter le dialogue, mais de peur d'exploser. Je me connaissais très bien. Face à l'injustice, je pouvais exploser comme de la dynamite. Je voulais protéger nos enfants. Je voulais leur épargner l'enfer de disputes familiales que j'avais connu en étant enfant. Très tôt, j'avais appris que les enfants comprennent beaucoup plus de choses que les adultes ne croient.

Ma femme n'était pas du tout clémente envers moi. Tenez par exemple ! Un certain samedi après-midi, elle m'envoya acheter du lait avec tous les enfants et nous interdit de revenir avant deux heures, car elle voulait se reposer. Pas très difficile. Comme d'habitude, je passai un moment agréable avec mes enfants dans la cour de récréation de l'école primaire de *Storhaug*. Et trois heures passèrent vite. Le lendemain, elle me demanda où était le lait qu'elle m'avait envoyé chercher.

« Merde, je l'ai oublié dans la poussette. Il est devenu du yaourt maintenant ! »

Sa réaction ne se fut pas attendre.

- Typique toi, toujours distrait, le contraire m'aurait étonné !

- Tu ne vas pas recommencer, hein ? Calme-toi, ça peut arriver à tout le monde d'oublier, non ? Sauf toi bien sûr ?

- Y'a des choses que l'on n'oublie pas. Que vas-tu faire maintenant ? Tu sais que toutes les boutiques sont fermées le dimanche.

Heureusement, je connaissais une petite boutique *Joker* qui était ouverte tous les jours. Et 30 minutes plus tard, ma peau était sauvée. Je rentrai à la maison avec deux cartons de lait. Espérant un répit, je pris refuge à la cuisine. Mais ma femme m'y poursuivit :

- Que font ces assiettes dans l'évier ? Tu sais bien que sur cette planète terre les assiettes n'ont pas de

jambes pour se mettre elles-mêmes dans le lave-vaisselle ! Et c'est ton travail, tu le sais bien !
-     [...]

CHAPITRE 15
Joie dans l'angoisse

Trois mois plus tard, toujours la même guerre froide entre nous, ponctuée par des hostilités verbales. Je trouvais de la consolation en jouant avec mes deux garçons et me persuadais que les choses changeraient.

J'avais l'impression que notre couple chavirait. Notre vie de couple devint routinière. Elle était devenue sèche et sans épice. À un certain moment, le sexe avait disparu au détriment des disputes et de l'indifférence. C'était impossible d'avoir une session amoureuse digne de ce nom comme avant. Je n'étais pas accro au sexe, je n'avais pas non plus fait de vœux de chasteté.

. J'avais tendance à penser que les accidents domestiques n'arrivent qu'aux autres. Pourtant, j'avais entendu mille fois que les accidents les plus graves impliquant les enfants surviennent à la maison. Ce jour-là, nous en fûmes victimes aussi. Ma femme faisait la sieste au salon en bas, tandis que nous trois garçons, jouions à l'étage. Après quelques minutes, mon téléphona sonna.

- Allo, c'est Monsieur… euh… Buto…yi Jean Claude ?
- Lui-même, au téléphone.
- Très bien. J'appelle de Canal Digital, votre fournisseur de chaînes de télévision. Tout d'abord, êtes-vous satisfaits de votre abonnement ?
- Oui, en grande partie.
- Ça fait du plaisir de l'entendre. Chez nous, le client est roi. Nous œuvrons toujours pour aller de l'avant. C'est pourquoi nous voulons vous proposer deux nouvelles chaînes à moitié prix. Période d'essai de deux mois, sans

engagement contraignant. Est-ce que ça vous semble intéressant ?

- Écoutez Madame, je n'habite pas seul, je dois en parler à ma...

- Boum !!!!!! (hurlement de douleur en bas). Mon portable s'écrasa par terre et je courus vers les escaliers d'où les cris venaient.

Eh bien, il était là mon petit trésor, en bas des escaliers, toujours en train de hurler. Je n'osai pas le toucher, de peur de lui faire mal. Je composai immédiatement le service des urgences 113 et ils répondirent immédiatement.

- Services des urgences, comment puis-je vous....

- Mon fils de 12 ans vient de tomber des escaliers dans notre maison.

- Votre adresse et je vous envoie une ambulance. Est-ce qu'il respire ? enchaîna la dame à l'autre bout du fils.

- Oui
- Il pleure ?
- Beaucoup.
- Il parle ?
- Non.
- Essayez de l'inciter à parler. Racontez-lui une histoire drôle par exemple.
- Comment ? Il ne peut pas parler.
- Désolée, Monsieur. Il est né comme ça ?
- Né comment ?
- Je veux dire... muet ?
- Qui vous a dit que mon fils était muet ?
- Vous avez dit qu'il ne peut pas parler, si j'ai bien compris.
- C'est très tôt pour lui, il n'a que 2 ans.

- Ah ! Vous aviez dit qu'il avait 12 ans.

- Vous avez mal entendu Madame !

- C'est possible.

La femme me conseilla de garder mon sang-froid en attendant l'ambulance. Et surtout ne pas paniquer ni me culpabiliser. Les accidents domestiques et en grande partie les chutes d'enfants étaient fréquents. Elle avait dit que comme l'enfant pleurait et ne vomissait pas, il n'avait pas perdu connaissance. Ce qui était bon signe. Je n'arrivais pas à croire que c'était arrivé à moi qui étais super vigilant. Je gardais toujours un œil sur mes enfants quand je les surveillais. C'était à cause du maudit coup de téléphone.

Ma femme était rouge de colère. Elle ne cessait de me questionner sur la manière dont ça s'était passé.

« Je jouais avec eux, notre fournisseur de télévision a appelé, Coco est descendu les escaliers en laissant la barrière de sécurité ouverte, et je suppose que JP a voulu le suivre sans comprendre le danger... »

- Gare à toi s'il lui arrive quelque chose, d'innombrables coups de poing et coups de pied tombèrent de partout sur mon corps déjà meurtri.

L'ambulancier administrait un calmant à JP lorsque j'aperçus Coco sortir de sa cachette en sanglotant.

- Pardon papa, c'est ma faute. J'aurais dû fermer la barrière après moi.

- Ça va mon chou, je sais que tu l'aimes aussi bien que moi. C'pas de ta faute. Des choses comme ça arrivent dans la vie. Maintenant, va rejoindre maman au salon. Nous allons le conduire à l'hôpital et tout ira bien, tu verras.

Une fois à l'hôpital universitaire de Stavanger SUS, une infirmière nous guida à notre chambre, polyclinique de pédiatrie. JP dormait toujours. Ma tête bouillonnait de questions. Et s'il avait subi un traumatisme crânien ? Et s'il devenait paralysé pour la vie ? Et s'il mourait ? L'infirmière me tira de mes pensées.

-	Un médecin viendra le voir en quelques instants. Pour l'instant, je vais lui prendre la température et faire d'autres petits examens. Elle parlait un mélange de suédois et de norvégien. Je ne compris pas tout, mais la mélodie était belle à entendre.

-	Pouvez-vous garder un œil sur lui un instant, j'ai envie d'aller faire un petit tour dehors.

-	Pas de problème. Mais essayer d'être là lorsqu'il se réveillera.

-	Je ne serais pas long, juste quelques minutes.

En sortant, ce que je vis me fendit le cœur. Je me rendis compte que notre situation était de loin meilleure que celles de mes chambres voisines. L'infirmière me confia que c'était difficile pour elle de travailler dans cette polyclinique. Ma curiosité m'amena à la salle de jeu. Déjà à la porte, mon cœur sursauta à la vue de ces mots : « *interdit d'emmener de la nourriture dans cette salle, il ne faut pas tenter les enfants qui jeûnent.*» Des enfants qui jeûnent ? Pourquoi ces pauvres enfants jeûneraient-ils ?

Deux pas de plus, horreur. Un enfant, tête bandée et assis sur les genoux de sa mère, pleurnichait. Son pansement avait de petites taches rouges. Mes yeux se déplacèrent vers la droite. Une fillette avec un plâtre à la jambe gauche. Par terre gisaient deux béquilles. Comment avait-elle cassé sa jambe ? Je ne trouvai pas de courage pour chercher la réponse à cette question, ni de courage pour continuer à regarder d'autres enfants. Je fis demi-tour.

Sur mon chemin de retour, ce fut la même désolation. Des enfants hurlaient comme si on leur amputait un membre de leur corps. Sur la porte de l'une des chambres était marqué « *Quarantaine*». L'infirmière m'expliqua qu'on isolait les enfants dans cette chambre en cas de maladie très contagieuse. Par exemple, s'ils ont des virus et bactéries saisonniers occasionnant des diarrhées et vomissements.

Après deux jours, le médecin nous libéra. À l'issue de multiples tests, il conclut que JP était bien portant à part la petite bosse à la tête. Nous pouvions rentrer à la maison. Il reçut un joli jouet en guise de cadeau et un certificat *parce qu'il avait été gentil durant son séjour.*

***

Les trois semaines suivantes furent sans accrochage majeur entre moi et ma femme. Je m'étais excusé pour avoir été inattentif pendant quelques minutes, mais elle n'avait rien voulu entendre. Désormais, l'erreur n'était pas permise en gardant les enfants. Malheureusement, la malchance semblait s'être invitée chez nous.

Cet après-midi, je pris la décision d'en finir avec le bazar qui régnait dans ma garde-robe. Ma femme ne cessait de me répéter que pour prendre le T-shirt du dessous, je ne devais pas tirer, mais soulever toute la pile. Je crois que mon problème se trouvait dans ma façon de plier mes habits. Je les pliais n'importe comment et je me retrouvais avec des piles qui n'étaient pas jolies à voir.

Au début de notre mariage, ma femme en avait tellement marre qu'elle m'aidait à ranger. Je n'étais pas un fainéant, elle touchait rarement à l'aspirateur ou le balai à franges. À mon avis, plier les habits était ennuyant. Je lui avais dit de me laisser gérer ma garde-robe, je l'avais rassurée que je me retrouvais bien dans mon désordre organisé. Alors, sa voix résonna dans ma tête.

-    Le temps que tu utilises pour retrouver quelque chose dans ton bordel est triple à celui que tu aurais utilisé pour ranger.

Assis sur notre lit, j'étais en train de plier mes T-shirts lorsque ma femme cria au secours. Immédiatement, mon instinct me dit qu'elle avait un problème sérieux. En quatre bonds, je descendis les 12 escaliers. Et là, je vis le corps inanimé de JP, son visage avait une couleur tendant vers le mauve. Sa mère pleurait déjà, marchait de long en large, jurait et implorait le ciel.

« Encore une fois ! Le pauvre petit n'a pas vraiment de chance ! Va-t-il survivre un second accident ? »

-    Le mieux serait de nous calmer et appeler plutôt les urgences ! bégayai-je en me penchant pour examiner l'enfant.

-    Que s'est-il passé au juste ? les mots se bousculaient dans ma bouche déjà sèche.

-    J'sais pas, je regardais la télé, lui jouait dans son coin, tout à coup, il se mit à tousser, et puis rien. Oh mon Dieu ! elle tapa du poing sur la table et éclata en sanglots.

L'enfant respirait très mal. Je pus constater que quelque chose l'étranglait. C'était le genre de choses que nous avions négligé d'apprendre, qui pourtant était vital en tant que parents de petits enfants. Intuitivement, je me souvins avoir vu à la télé une émission pendant laquelle on expliquait ce qu'il faut faire en cas d'étouffement d'un enfant. Mais j'en avais juste vu une petite partie ! Que disait la femme en salopette verte ? Je devais réfléchir vite et bien.

« Surtout ne pas essayer de retirer le corps étranger de la gorge à l'aide d'un doigt au risque de l'enfoncer plus

profondément. » Je couchai l'enfant en position ventrale sur mes cuisses, la tête penchée en avant. Puis avec ma main ouverte, je tapai cinq fois sur son dos entre les deux omoplates. Mais il ne se passa rien. Qu'est-ce que la femme avait dit qu'il fallait faire ensuite ?

« *Retourner l'enfant, le coucher sur le dos, la tête penchée en arrière, effectuer cinq compressions au niveau de la poitrine...* » Mais il ne se passa toujours rien.

Les gens des urgences n'étaient pas arrivés et je savais que j'avais moins de cinq minutes pour sauver l'enfant. Son pouls était faible et son visage devenait de plus en plus mauve. Je me résolus de recommencer le cycle.

Je lui administrai cinq tapes entre ses omoplates. Et de sa bouche, jaillit un objet métallique qui tomba sur le parquet en un bruit cinglant. Une pièce trouée de 5 couronnes norvégiennes. L'enfant commença à pleurer et tousser.

- *Yes* ! criai-je avec mes deux bras en l'air en signe de jubilation.

Dehors, l'ambulance arriva. L'ambulancier examina l'enfant et conclut :

- Je ne vois aucune raison de l'embarquer avec moi. Il a eu de la chance, le petit ! Je pense que sa survie peut être expliquée en grande partie par le trou dans la pièce qui a continué à laisser passer de l'air.

Après son départ, je me tournai vers ma femme et lui dis calmement.

- Tu vois, ça peut arriver à tout le monde d'être inattentif !

CHAPITRE 16
Rencontre avec ma deuxième femme

À bord d'un avion de la compagnie *Norwegian*, je revenais de Paris, des cérémonies de remariage d'un ancien copain d'université devenu médecin en France. Il s'était marié à « son amour d'enfance », mais sa femme avait succombé jeune à un accident de circulation routière. Il avait combattu l'idée de se remarier, mais avait fini par se rendre à l'évidence. À moins de renoncer à sa profession, élever seul deux enfants commençait à devenir impossible. Une jeune femme, debout dans le couloir, s'adressa à l'homme assis sur le siège devant moi.

- Excusez-moi monsieur, je crois que vous avez pris mon siège.
- Je ne crois pas, j'ai bien le siège 16 A.
- Ici c'est le 15A. Mais ça m'est égal, je peux m'asseoir derrière vous.
- C'est gentil, j'aurais pris une éternité pour me déplacer.

Je la vis regarder le siège vide à côté de moi.

- C'est libre ? Je peux m'asseoir ici ?
- Bien sûr, dis-je en gardant les yeux dans mon bouquin.

La sonnerie de mon téléphone me rappela que je devrais l'éteindre bientôt.

- Décidément, toujours distrait comme au bon vieux temps ! fit la voix à l'autre bout.
- Pourquoi ?
- T'as rien oublié ?
- Non, pas à ce que je sache !
- Tu ne m'as pas remis la clé de ma voiture.
- Merde ! Je l'ai sur moi.

-       Devine quoi, c'est la seule qui me restait. Et je dois chercher les enfants à l'école.

-       Désolé, frangin ! Je vais la poster dès que j'atterris chez moi.

-       *No problem*, bon voyage.

Pendant le petit moment que j'avais croisé le regard de ma voisine en lui répondant, elle m'avait donné l'impression d'une femme réservée. Immobile comme une statue, j'avais peur de l'effleurer par mégarde et créer un malentendu. J'étais mal à l'aise, je ne savais quelle position adopter.

L'appareil était déjà en l'air et j'essayais de me concentrer sur mon livre.

-       Vous êtes français ? demanda-t-elle.

-       Hein ? Pourquoi ?

-       Vous parliez français tout à l'heure au téléphone.

-       Disons que je parle français sans être français.

-       Vous le parlez correctement comme des Français.

-       Merci. Vous aussi le parlez très bien.

Je n'en croyais pas mes oreilles, elle avait pris l'initiative de la conversation. Les cinq secondes suivantes furent très longues. Mon cerveau devait trouver quelque chose à dire ou à faire pour briser ce silence gênant. Je remuai sur moi-même dans mon siège lorsque sa bouche s'ouvrit.

-       Aviez-vous été en Norvège avant ?

-       Oui, beaucoup de fois. J'y habite depuis 12 ans.

-       Ah bon, et vous habitez où ? elle passa au norvégien et ce n'était pas difficile de deviner qu'elle venait de la région d'Oslo.

-       À Stavanger. Vous habitez en France ?

-     Non, mais j'y vais souvent rendre visite à mon père à Strasbourg. Il est juge à la Cour Européenne des Droits de l'Homme.

Elle avait détendu l'atmosphère et la distance entre nous s'était réduite. Je me sentais plus confortable et plus libre de mes mouvements. En croquant une barre de chocolat, sa bouche devenait plus sensuelle. Ses mouvements révélaient des dents blanches et des fossettes sur ses deux joues.

-     Quel genre de livre aimez-vous lire ? elle se lécha les lèvres pour savourer les restes de chocolat.

-     Roman policier et science-fiction.

-     Moi, je lis plus les livres romantiques, pas vous ? elle me fixa pendant trois secondes, se mordilla la lèvre inférieure puis baissa sa tête.

-     Plus avant que maintenant, confessai-je.

-     Si difficile à avouer ? me taquina-t-elle.

-     Parfois.

-     Je peux voir ton livre ? elle se pencha légèrement pour le prendre et une de ses mèches de cheveux effleura mon avant-bras en envoyant des ondes de frissons dans tout mon corps.

Cette fille commençait à semer du doute dans ma tête. Pour dissimuler ma gêne, je me massais la nuque de temps en temps, comme si j'avais mal dormi. Pour une raison que j'ignorais, je me mis à guetter ses gestes. Je l'observais du coin de l'œil tout en feignant de feuilleter un magazine trouvé à bord. Elle s'agitait en croisant et décroisant les jambes, se caressait les cheveux en faisant et refaisant son chignon.

L'avion avait commencé sa descente sur Oslo et les gens s'empressaient à regagner leurs sièges.

-     Tu rentres à Stavanger ce soir ?

- Non, j'ai prévu de prendre un verre avec un ami de longue date en ville, fis-je en remettant mon pull que j'avais enlevé quand j'avais eu chaud. Je la vis cligner des yeux plus lentement et elle me chuchota à l'oreille.

- Tu ne peux pas trouver quelques minutes pour un verre avec moi ?

- Je suis touché par ton invitation, mais j'ai déjà dit « oui » à mon ami. Peut-être un autre jour ?

- Demain ne nous appartient pas. Ne t'en fais, je ne mords pas !

- J'aimerais bien, mais je dois parler avec mon ami.

À 21 h moins 2 minutes, je poussai la porte de notre lieu de rendez-vous. On avait choisi un bar sympathique non loin de l'avenue principale Karl Johan. L'intérieur était construit de façon à respecter l'intimité de ceux qui en avaient besoin. On avait pris un coin avec deux fauteuils et une table basse. La fille était plus radieuse que dans l'avion. Elle s'était changée et portait un autre sac à main. Elle portait une robe moulante mi-longue plutôt discrète, à imprimé orchidées avec bretelles croisées au dos. La poitrine était mise en évidence par un décolleté révélateur. Grand contraste avec mon accoutrement en jeans et T-shirt.

- Comment as-tu pu te libérer si tôt ? commença-t-elle pour détendre l'atmosphère.

- J'ai expliqué à mon ami que j'ai préféré rentrer directement à Stavanger sans plus de détails. Et toi ?

- Ça a été un peu compliqué. Je suis passée chez ma mère prendre mes affaires et j'ai rejoint les autres pour le « dîner familial » au restaurant. Après une heure, j'ai prétexté une migraine pour aller me coucher. Ce fut un soulagement. Tout le monde se plaignait de ma distraction et disait que ma tête semblait être sur une autre planète.

- Les autres ?
- Oui, ma grande sœur est ici pour le moment.
- Où vit-elle ?
- Elle fait un Master en « *Business and Management* » à Londres. Ma mère est professeur de psychologie à l'Université d'Oslo. Moi je fais une pose en ce moment, je fais un stage d'une année au Centre Norvégien des Droits de l'Homme. Je me sentais fatiguée après deux années à la faculté de droit. Bon, assez parlé de moi. Et toi, qu'est-ce que tu fais ?
- Je travaille sur une plateforme en mer du Nord.
- C'est ce que t'as fait toute ta vie ?
- Non, j'étais avocat avant.
- Tu fais moins jeune.
- Merci, je le prends pour un compliment.
- Famille ?
- Une femme et deux enfants.

Elle ne fit aucun commentaire sur ce que je venais de dire. Elle me regarda dans les yeux, regarda le parquet puis me regarda encore en caressant son verre.

- Pour être libre comme le vent, j'ai pris un appartement à *Mojorstua*. Je visite ma mère de temps en temps et la plupart de mes affaires sont toujours dans ma chambre d'enfance.
- T'as décidé quelle branche de droit tu vas suivre ?
- Pas du tout. À vrai dire, c'était l'idée de mon père au départ. Pour lui, rien d'autre n'existe à part le droit. Je crois que je faire le droit international et travailler à l'étranger. Et après, on verra.
- Qui sait, d'ici 15 ans, tu seras peut-être à la Cour Pénale Internationale, fis-je d'une voix encourageante.

- Tu peux garder un œil sur mon sac pendant que je vais aux toilettes ?

Une femme qui me laisse son sac ! Mon instinct me dit qu'il s'agissait d'un signe de confiance.

En s'éloignant avec ses hauts talons, son corps dansait au rythme de la musique lointaine dans le haut-parleur suspendu au-dessus de nous. Je saisis l'occasion pour l'examiner discrètement. En deux minutes, je fis un calcul mental. Elle devrait avoir autour de 20 ans, mais elle me paraissait plus mûre.

Revenue des toilettes, elle rapprocha son fauteuil du mien. Inconsciemment, elle souleva une jambe pour la mettre au-dessus de l'autre. Mes yeux sont beaucoup attirés par le mouvement. C'était difficile de m'empêcher de regarder ce qu'elle faisait. Avec son pied de dessus, elle faisait des cercles en l'air et se frottait la cuisse avec la main gauche. Sa robe légèrement remontée révélait une petite section de peau fraiche en velours.

- La batterie de mon portable est complètement déchargée, quelle heure est-il ? elle saisit mon poignet en douceur, regarda elle-même sur ma montre et enchaîna.

- Tu fais de la musculation, admira-t-elle en palpant mes biceps.

- Pas maintenant, je joue juste au basketball.

En croisant son regard, je baissai les yeux en me demandant pourquoi elle s'approchait trop de moi. Ses yeux chantaient et sa bouche dansait. Elle sortit sa langue, se mouilla les lèvres et se mordilla encore. Ses yeux brillaient de cristaux de charme. Étant le miroir du corps, je voyais son cœur me parler. Son message était sans ambiguïté.

La gêne et la distance entre nous avaient disparu. Désormais, nous pouvions toucher nos genoux respectifs en nous taquinant. Elle me demanda même de fermer les yeux et de faire un vœu. Quels moments agréables ? On pouvait dire deux étudiants de même âge !

Un peu après minuit, elle se tourna vers moi.

-	J'ai la tête qui tourne, je ne sais pas comment je vais rentrer.

-	Je t'appelle un taxi ?

-	Pas besoin, ma voiture est garée juste dehors. Tu peux me conduire chez moi ?

-	Je ne conduis pas quand j'ai bu, lui lançai-je en évitant de réfléchir à la proposition.

-	La chance d'être pris par la police est presque zéro, rétorqua-t-elle.

-	C'est pas totalement faux.

Elle sortit sa carte bancaire pour régler l'addition, mais je l'attrapai par son bras.

-	C'est moi qui paie !

-	Non, c'est moi qui t'ai invité, fit-elle avec une grimace convaincante.

-	T'avais les cheveux courts sur la photo !

J'en profitai pour vérifier son âge, elle avait 22 ans et 5 mois.

***

La décoration intérieure de son appartement offrait une ambiance cosy. Durant notre passage éclair au salon, je me souviens avoir vu un canapé de couleur beige, un bougeoir gris posé sur la table, une plante verte sur la fenêtre et des murs en couleurs pastel.

En se promenant, mes yeux croisèrent un écriteau posé sur le dressoir « *Excuse le bordel, je veux que tu te sentes chez toi !*» Je crois que je compris l'humour, mais je n'eus pas le temps de faire un commentaire.

Dans la chambre à coucher, je n'eus pas le temps de voir grand-chose. La lumière faible d'une bougie rose posée sur un tabouret ne le permettait pas. D'un geste large, elle fit basculer à l'autre côté du lit les habits enlevés à la hâte. Les baisers et les câlins augmentèrent en intensité et intimité. Bouche entrouverte, mains moites, cœur palpitant, elle en réclamait davantage. Sa voix avait changé, la mienne aussi. La sienne n'était plus qu'un murmure suave et la mienne était devenue plus grave. Elle repoussait mes mains pour les diriger plutôt là où elle voulait être câlinée.

Comme si son cerveau venait de trébucher sur un diamant, elle se dirigea vers la salle de bain et en revint avec un truc à la main.

-	C'est quoi ça ? je devenais curieux.

-	Tu vas voir. C'est un gant de toilette.

-	Et la bouteille d'huile d'olive ? Elle m'intriguait de plus en plus.

-	Oui, t'as vu juste. Je vais t'assaisonner et te croquer par petits morceaux, ma salade préférée !

Assise à califourchon sur moi, elle me banda les yeux avec un foulard. Avec le gang chaud, elle me nettoya les pieds, les orteils, les ongles et entre les orteils. Elle sécha mes pieds et les enduisit de l'huile d'olive. Et très lentement, elle se mit à sucer mes orteils, un par un.

Avec les yeux fermés, les gestes me surprenaient. Je ne les voyais pas venir et ne pouvait pas anticiper leur impact. Comme ma vue ne faisait rien, le toucher devait faire un travail double. Privé de mes yeux, je me sentais suspendu sur un nuage. Mon corps sentait un plaisir jamais vécu avant. L'attente devenait insupportable. Je la suppliai d'arrêter et faire autre chose.

Elle s'exécuta et commença à lécher mon tendon d'Achille. Et là, elle venait de trouver le point de non-retour. Rien n'avait plus d'importance, rien n'avait plus de sens.

En l'espace d'une minute, j'eus des jambes en coton et une vague de désir secoua tout mon être. Plus de mots, nos corps ne communiquaient plus que par des signaux non verbaux. Ils étaient prêts à passer à la vitesse supérieure. Ne dit-on pas que la meilleure façon d'éteindre une tentation est d'y succomber ?

***

Je fus réveillé par des voix féminines. J'ouvris un œil, puis un autre. Où pouvais-je être et combien de temps avais-je dormi ? Regardant autour de moi en quête de réponse, je fus surpris de voir une inconnue debout dans l'encadrement de la porte.

- Ainsi donc, tu étais fatiguée hier soir ! Je vois pourquoi t'avais hâte de nous quitter, ironisa-t-elle.

- Je ne me sentais pas bien, répondit la femme à mon côté.

- En plus, t'es une sacrée menteuse ! Il fallait au moins prendre soin de verrouiller la porte. Quelque chose de bien plus grave pouvait t'arriver.

- Laisse-moi t'expliquer, c'est pas ce que tu penses…

- Y'a rien à expliquer, l'inconnue claqua la porte et disparut.

Hébété et toujours à moitié éveillé, je me tournai à ma compagne.

- C'était qui ça ?

-       Ma grande sœur. J'ai oublié de remettre la clé à maman. Ils ont essayé de me joindre à mon portable, mais il était éteint.
Nous avons oublié de fermer à clé la porte d'entrée !

DEUXIÈME PARTIE
Ma vie en prison

CHAPITRE 17

En attente du jugement

1

Arrestation

Une semaine après, je n'étais pas encore redevenu moi-même. La nuit avec la jeune fille d'Oslo avait eu des effets sur moi, auxquels je n'avais pas pensé. Je me sentais en deuil, comme si j'avais perdu un être cher. Ma femme s'en était aussi aperçue. Je l'avais rassuré que tout allait bien.

-       Papa, n'oublie pas notre match contre *Sandnes* cet après-midi à 16 h. Cette fois-ci, nous devons gagner, lança Coco sur le point de partir à son école.

-       T'en fais pas mon p'tit, je vais t'y amener.

-       Promis ?

-       C'est promis. Un bisou et il s'éclipsa.

-       N'oublie pas non plus d'aller chercher JP à la maternelle, j'ai rendez-vous chez mon kinésithérapeute, me rappela ma femme, debout dans la cuisine.

J'étais en congé et il ne me restait que deux jours avant de repartir à ma plateforme. Pour me changer d'humeur, je me dis qu'une visite à mon studio de gym était une bonne idée. En guise d'échauffement, je devais trottiner jusqu'au *studio* se trouvant au centre-ville, à environ 1 km. Deux ans auparavant, à l'apogée de ma forme, je faisais un détour vers le lac *Mosvangen.* Je faisais un tour de 3 km et marchais jusqu'au studio pour la musculation.

Sac en bandoulière, je longeais *Paradisveien* depuis 30 secondes lorsqu'un policier surgissant de nulle part se planta devant moi. Avant de comprendre ce qui m'arrivait, un autre policier surgit de derrière.

-       Police, votre identité !

- Je peux voir vos badges ? N'importe qui peut se faire passer pour un policier afin d'arnaquer, répliquai-je en essayant de rester impassible.

- *Flott !* Et avec une moquerie à peine voilée, l'un d'eux ouvrit légèrement sa jaquette en cuir pour me laisser voir sa carte suspendue autour de son cou.

- Satisfait, à votre tour ! Après avoir jeté un coup d'œil à mon permis de conduire, il enchaîna...

- Monsieur, vous allez devoir nous suivre à la station de police.

- Mais pourquoi ?

- Vous n'allez pas tarder à le savoir.

- C'est absurde, je pensais juste à un contrôle d'identité. Franchement, ça tombe mal. Et mon sport ? Et le match de mon fils ?

- Tout ça va devoir se passer de vous. Assez discuté maintenant, allons-y ! Ils commençaient à s'impatienter. Mon cœur fit un bond dans sa cage à la vue des menottes. Je m'exécutai. Je savais que résister ne me ferait que du mal.

À la station de police, je fus jeté dans une petite cellule, peut-être de 2 m sur 3 m. Elle était loin d'être meublée, juste un matelas en housse de caoutchouc par terre et une toilette-lavabo à ciel ouvert. Visiblement, le matelas avait supporté le poids de beaucoup de locataires avant moi. Pas de radio, encore moins de télé. À part les voix sporadiques d'un passant dans le corridor, un silence de mort régnait le reste du temps. Un vrai cachot !

« Pourquoi diable suis-je ici ? Peut-être un collègue de travail a fait une connerie et je suis ici pour enquête. »

Je pris quelques minutes pour rassembler mes idées. J'essayai de me rappeler les principes élémentaires de droit en situation de garde à vue.

« J'ai le droit de garder silence, car tout ce que je dis peut être utilisé contre moi, la police ne peut pas me forcer à témoigner contre moi-même, j'ai le droit à un avocat, bien réfléchir et répondre de façon claire et concise, éviter les malentendus... »

La porte de la cellule s'ouvrit enfin. Un homme, ressemblant à un soldat de la 2ème Guerre Mondiale, entra et l'interrogatoire commença. Je choisis de répondre aux questions moi-même, sans l'aide d'un avocat. Je voulais en finir au plus vite et rentrer à la maison. Voici les grands moments.

- Vous êtes ici parce que vous êtes accusé de l'infraction de viol selon la loi... article... paragraphe... du Code pénal. Il parlait d'une voix agressive et enrouée.

- Reconnaissez-vous avoir eu des relations sexuelles avec une jeune femme nommée... à son domicile à Mojorstua dans la nuit du 19 avril ?

- Pardon ? J'essayai de rassembler mes idées. Il éclaircit sa voix avant de répéter la question.

- Oui, je reconnais avoir eu des relations sexuelles avec elle. Elle était majeure à ce que je sache.

- Reconnaissez-vous être coupable de l'infraction de viol sur une personne incapable de consentir et opposer une résistance ?

- Que voulez-vous dire par *« incapable de consentir et opposer une résistance ? »*

- Que la jeune femme était saoule et que vous avez profité de son état d'inconscience.

- Vous plaisantez, je suppose !

- Le moment est mal venu pour une plaisanterie. Je répète ma question :

« *Reconnaissez-vous être coupable de l'infraction de viol sur une personne incapable de consentir et opposer une résistance ?* »

- Non et non !
- Je vous remercie. Ça sera tout pour le moment.

Resté seul dans la cellule, j'essayai de faire le point sans pouvoir me concentrer. C'était difficile de digérer le coup asséné. Je ne parvenais pas à aller au bout d'une réflexion, tellement les idées se bousculaient dans ma tête. Quand je pensais à une idée, une autre me barrait le chemin.

Le même gars revint dix minutes plus tard accompagné de deux autres policiers. Comme à tout accusé, je le savais, on prit mes empreintes digitales, on me fit faire un test ADN et on me prit en photo. Comme tout accusé, on avait fouillé systématiquement mon corps et tout objet trouvé sur moi fut confisqué : portable, cartes bancaires, clés et argent liquide.

À 15 h 30, on me prêta un téléphone pour appeler à la maison.

- Papa, t'es où là ? Maman t'a appelé un million de fois. Elle dit que ton téléphone est éteint. Tu viens maintenant ?
- Écoute Coco, peux-tu me passer Maman ?
- Allô ! Enfin, tu fais signe de vie ! On commençait à se demander si tu ne t'es pas fait kidnapper, lança ma femme d'une voix furieuse.
- Écoute chérie, je ne peux pas amener Coco à son match de football.
- Sans blague, tu te fous de nous ou quoi !
- J'suis désolé, j'ai des ennuis avec la police.
- Quel genre d'ennuis ?
- C'est long à expliquer au téléphone.
- Tu rentres à quelle heure ?

-	Je ne sais pas.
-	Mais bon sang ! Quand est-ce tu vas grandir et cesser de te comporter comme un enfant ?

Le lendemain, je fus transporté à la prison de Stavanger, une prison à haute sécurité. Ma cellule se trouvait au rez-de-chaussée, à l'aile réservée aux personnes en *détention préventive*, celles qui attendaient leurs procès, celles qui devaient être considérées comme innocentes, car n'étant pas encore condamnées. Mon nouveau lit était plus confortable que celui de la station de police. Ma nouvelle cellule n'avait rien à envier à une chambre d'auberge. Elle comportait une toilette-lavabo, une télé, une table, une chaise, un petit frigo et une garde-robe, le tout dans une pièce unique.

Sur le mur, était suspendu un tableau en liège. Son cadre était décoré par des écritures dans différentes langues. Insultes, jurons, graffitis et pamphlets se côtoyaient. Combien de personnes étaient déjà passées par là ? Cette nuit, je n'allumai pas la télé, je ne fermai point l'œil. J'essayais de comprendre ce qui m'arrivait.

Le lendemain, comme à tous les autres prisonniers, on me présenta mon conseiller pénitentiaire, *kontaktbetjent*. Un homme de taille moyenne et inspirant confiance. Il parlait un dialecte du Nord, il devait être originaire de Tromsø ou Harstad. Je devais me concentrer beaucoup pour comprendre ce qu'il disait.

-       Je suis votre agent de contact ici en prison. Mon rôle est d'être un pont entre vous et l'administration.

Il m'expliqua mes droits, mes obligations et le train-train quotidien.

-       Le réveil et le petit-déjeuner sont entre 6 h 30 et 7 h 30. Un gardien viendra vous dire bonjour, essayez de lui parler avec politesse. Ensuite, c'est à vous de décider si vous voulez continuer à dormir ou vous lever et prendre le petit-déjeuner. Le déjeuner est à 11 h 30, le dîner à 15 h et le souper à 19 h. Évidemment, les horaires peuvent changer. À 16 h, vous avez une heure pour aller dehors dans la cour prendre de l'air frais. Le reste du temps, vous serez enfermé dans votre cellule.

-       Vous voulez dire les 23 heures restantes ?

-       Tout à fait, les repas sont pris dans votre cellule. N'hésitez pas à me contacter si vous avez une question.

À notre aile, les rassemblements n'étaient pas permis à part la petite heure dans la cour. Je m'imaginais la prison comme un enfer où régnaient la violence et la promiscuité. Je fus agréablement surpris. Rien à voir avec ce que j'avais vu dans les films américains. Les gardiens parlaient gentiment et la plupart des co-prisonniers se comportaient de façon aimable. Pas de scène d'intimidation ni de taquinerie.

J'attendais impatiemment de parler à mon avocat pour connaitre formellement ce dont j'étais accusé. Un gardien m'escorta à l'un des compartiments réservés aux visites. Une femme, la quarantaine passée m'y attendait.

-       Monsieur, en qualité de votre avocat, je vais faire tout mon possible pour vous aider. Elle avait une pile de papiers, elle me passa mes exemplaires.

Ensemble, on parcourut la déclaration faite à la station de police.

-       Est-ce que c'est ce que vous avez dit ? L'avocat me regarda dans les yeux, à travers ses lunettes fines, comme si elle y cherchait quelque chose.

-       Tout à fait.

-       Reconnaissez-vous la culpabilité ?

-       Pas du tout. Elle était lucide tout le temps, elle a consenti et a participé à tout.

- Ça va être difficile de prouver qu'elle était lucide. Dans sa plainte, elle a dit qu'elle ne se souvient de rien et la police a trouvé un taux d'alcool élevé dans son sang.

- Si j'avais su... ! Si j'étais au courant que la loi interdisait d'avoir des relations sexuelles avec une personne ivre et incapable de consentir, je ne me serais pas fait piéger.

- Ça arrive parfois. Avez-vous autre chose à ajouter ?

- Non.

- Très bien ! En attendant la date de votre procès au tribunal, vous allez rester ici pendant quatre semaines, le temps pour la police de continuer les enquêtes. Vous n'avez ni le droit de recevoir, ni le droit d'envoyer des lettres. Non plus, vous n'avez pas le droit de recevoir des visites ou de téléphoner.

- Et si la police n'a pas fini au bout des quatre semaines ?

- Malheureusement, elle va devoir vous donner encore quatre semaines.

Elle ne pouvait pas s'en douter, mais j'avais du mal à garder ma sérénité. Ça devenait clair que j'avais de sérieux ennuis avec la justice. Même en comptant sur la clémence des juges, le minimum de ma peine en prison allait être de 3 ans. Une série de questions commencèrent à défiler dans ma tête.

« Que va faire ma femme ? Va-t-elle pardonner mon adultère ? Que vont penser mes collègues de travail, mes amis, mes parentés... ? Quelle honte lorsqu'un écart de conduite devient exposé au grand jour ! »

De retour dans ma cellule, je restai allongé sur mon lit pendant des heures, en fixant vaguement le plafond. Rien d'encourageant ne traversa mon esprit. J'étais accusé de viol, peu importe les circonstances dans lesquelles cela était arrivé. Je m'étais comporté de façon irresponsable et je devais assumer. C'était regrettable, ma famille allait en être affectée. Comment expliquer à mes enfants que j'allais être absent à la maison pendant 3 ans ? Ils allaient me demander pourquoi. À la première occasion, j'allais tomber à genoux devant ma femme pour demander pardon et essayer de sauver ma famille.

J'étais personnellement prêt à payer le prix de ma bêtise. En y pensant, l'alcool avait joué un grand rôle pour céder à la tentation. Si j'étais lucide, peut-être que j'aurais pu résister à la tentation. La voix d'un ancien camarade résonna dans ma tête : « *Bacchus appelle Venus.* »

J'entendis des pas dans le corridor, ensuite des clés tourner dans la serrure.

- Préparez-vous ! En 30 minutes, vous allez déménager à une autre aile, dit une jeune gardienne sans donner plus de précision.

Aussitôt dit, aussitôt fait. Je fus escorté par deux gardiens à l'étage au-dessus de moi, aile *Nord*.

- Vous avez de la chance ! fit l'un des deux gardiens.
- Pourquoi ? demandai-je avec curiosité.
- Vous allez avoir plus de liberté, d'autres peuvent passer des mois en bas à l'aile où vous étiez.

Quartier Nord, prison de Stavanger

Cette aile était normalement réservée aux personnes déjà condamnées. Dans certains cas, des prisonniers en détention préventive pouvaient y être transférés pour libérer de la place en bas.

Le tableau d'affichage faisait face à la porte d'entrée à l'aile. Des papiers de différentes couleurs y étaient accrochés, mais un attira particulièrement mon attention.

6 h30-7 h45 : Réveil et petit-déjeuner
8 h00-11 h15 : Travail – école
11 h30-12 h00 : Déjeuner
12 h00-14 h45 : Travail – école
15 h00-16 h00 : Dîner
16 h15-17 h45 : Prise d'air – sport
18 h00-20 h00 : Loisir, parloir, téléphone, douche, cuisine
20 h00-06 h30 : Fermeture cellule

La différence était de taille. Contrairement à là où j'étais, les cellules étaient ouvertes entre 18 h et 20 h. Pendant ce temps, nous étions libres de faire ce que nous voulions. Bien sûr en respectant le règlement et l'aire géographique de l'aile. C'était un moment de convivialité soit à la cuisine, au foyer ou dans les cellules. On pouvait faire la cuisine, prendre une douche, regarder la TV ou jouer aux jeux (cartes, échecs, dame ou domino) au foyer avec les autres ou avoir une conversation dans une cellule.

À l'aile Nord, on était une vingtaine de détenus et presque la moitié était d'origine étrangère. Moi, j'étais pris entre deux feux. Les Norvégiens ne me considéraient pas comme « assez norvégien » et les étrangers ne me considéraient pas comme « assez étranger ». Je n'étais pas le seul. J'avais fait connaissance d'un jeune homme d'origine pakistanaise, mais qui était né en Norvège. Plus ancien que moi, il m'expliqua que l'astuce était de s'intégrer dans les deux groupes.

-	Ça marche, tu t'adaptes à la nouvelle vie ? m'avait-il demandé.

-	À vrai dire, non. Ma famille me manque beaucoup.

-	Le début est toujours difficile. Les premiers jours ont été durs pour nous tous. Ton cerveau se bat pour être libre. Après un moment, il se fatigue et se résigne. Il se rend compte que c'est ici que son propriétaire va vivre pour un temps. Tu peux essayer de te casser en mille morceaux, tu ne sortiras pas d'ici avant la fin de ta peine. T'as une date pour ton procès ?

-	Non, pas encore.

-	T'es encore sous le régime des quatre semaines ?

-	Oui, j'espère que la police ne va pas les renouveler.

-	Je ne veux pas te décourager, mais tout peut arriver avec la police. Tu ne peux pas savoir avant que tu ne saches ! Moi, j'ai passé 9 mois en détention préventive. Heureusement que la période a été déduite de la peine. Si je suis libéré à 2/3 de ma peine, il ne me reste que 5 ans.

-	Quoi ? m'exclamai-je incrédule.

-	Le temps passe vite ici, tu vas voir. Ça te dit de te joindre à mon groupe, on a préparé une pizza au poulet et un gâteau au chocolat ?

***

L'interdiction de visite fut enfin levée après deux semaines. Un jeudi après – midi, ma famille vint me rendre visite. On devait passer deux heures ensemble. J'avais passé toute la nuit à me répéter comment j'allais présenter ma défense auprès de ma femme. À ma grande surprise, elle ne faisait pas partie de mes visiteurs. Mes enfants étaient accompagnés de leur grand-père maternel.

Au début, les enfants étaient timides, passant leur temps à analyser la petite pièce où on se trouvait. JP était assis sur mes genoux et avait l'air insouciant. Il avait presque 3 ans et parlait un peu. Il ne semblait pas comprendre ce qui se passait. C'était normal que je sois absent à la maison pendant deux semaines.

- Papa, c'est ça une prison ? commença Coco.

- Oui, ça c'est une prison ici.

- Je pensais que ce sont ceux qui ne sont pas gentils qui vont en prison. À la recherche d'une réponse, je me tournai en direction de mon beau-père.

- Coco, papa a peut-être faim ! Et si on lui présentait notre surprise, dit-il en se penchant vers son sac.

- Papy, attends… ! Ferme les yeux, papa ! Un, deux, trois, ouvre les yeux ! Incapable de prononcer un mot, je restai assis à admirer le plat de bacchalao.

- C'est papy qui a tout préparé, intervint Coco.

- Je sais. Personne ne peut imiter sa recette de bachalao. En me tournant vers lui…

- Merci beaucoup !

Le reste de notre temps se passa bien. On avait mis à notre disposition des jouets pour distraire les enfants pendant que je parlais à mon beau-père. Il me signifia que ma femme était très fâchée contre moi. Elle ne voulait pas me voir pour le moment. Pour que Coco ne comprenne pas, on parlait en langage adulte. Lorsque le gardien vint me dire que mon temps était fini, j'avais l'impression de n'avoir été avec eux que pendant 30 minutes. Je devais me faire violence pour les laisser partir.

- Papa, tu rentres quand ? J'ai raté mon match l'autre jour. Y'avait personne pour m'y amener. En plus, Maman dit tout le temps qu'elle est fatiguée et ne veut pas jouer avec moi.

- Je ne sais pas, mon trésor. Je crois que ça va prendre du temps. Mais je vais t'envoyer un cadeau pour ton annif le mois prochain.

- *Oh… yes* ! Tu te souviens de ce que t'as promis pour mon annif ?

- J'ai pas oublié.

- Dis-le-moi si t'as pas oublié, dit-il en s'approchant de moi.

- Mais non, ça sera une surprise !

- On peut faire la guerre maintenant ? proposa-t-il en posture suppliante.

- Non, le monsieur va être fâché.

- *Please*… ! implora-t-il avec ses deux mains en imitant *Mickey Mouse*.

Le gardien acquiesça de son regard.

Comme à la maison, je le soulevai en l'air et le posai sur terre avec la même affection. A même le parquet, sens dessus dessous, on riait et gloussait. Il était tout content mon petit bonhomme ! Il n'en demandait pas beaucoup. Mais cette fois, il me demandait l'impossible : rentrer avec lui à la maison ! Je n'étais pas libre de mes mouvements.

Les derniers moments dans le corridor furent plus pénibles que je ne l'avais imaginé. À droite, se trouvait la porte qui menait à l'extérieur ; celle que je n'avais pas le droit de franchir. À gauche, se trouvait celle que je devais prendre pour regagner ma cellule.

- Papa, tu rentres avec nous ?

- Coco, je t'ai dit que c'est pas possible !

- Mais pourquoi ?

- Je ne sais pas ! Je trébuchai sur le dernier mot. Du revers de ma main, j'essuyai les larmes chaudes sur ma joue et les muqueuses dans mes narines. Je ne voulais pas que mes enfants me voient pleurer. À leurs yeux, je devais rester le super héros invincible !

- Qu'as-tu fait, papa ?

- C'est juste une petite chose.

- Ah bon, un homme grand peut faire de petites choses ?

- Exactement, comme un petit garçon peut faire de grandes choses. Tu te souviens du petit Kanot dans le labyrinthe ?

- Courage, tu vas passer cette épreuve ! murmura mon beau-père à mon oreille en me donnant l'accolade.

***

Fin juillet, exactement 9 semaines après mon arrestation, toujours pas de date pour mon procès. À cause des vacances, je devais attendre septembre après la rentrée judiciaire. Partout, les choses tournaient au ralenti. En prison, presque toutes les activités avaient été suspendues depuis fin juin et ne reprendraient que mi-août.

Heureusement qu'en été, on était dehors deux fois : avant midi pendant deux heures et après-midi pendant 1 h 30. La cour était très grande. Une partie était occupée par le terrain de football et l'autre partie une aire de recréation avec des arbres et des bancs. En y mettant le pied, la toute première chose qui attire votre attention est les dessins sur les hauts murs clôturant la prison, des figures multicolores ressemblant à des desseins pharaoniques. Nous étions libres de faire ce que nous voulions. On pouvait jouer au foot, courir, avoir une conversation avec un ami sous un arbre ou faire d'autres exercices physiques.

Beaucoup de prisonniers disaient que l'été était le pire moment pour être en prison. Les journées devenaient plus longues, car le nombre d'activités était réduit. Lorsqu'il faisait beau temps, on était jaloux. Nos pensées se tournaient vers nos amis qui passaient des moments agréables dehors.

Pour bien dormir la nuit et ne pas avoir le temps de penser à ma situation, je faisais du sport chaque jour. Les options étaient multiples : football, basketball, volleyball, yoga, body-pump, spinning et salle de gym. Moi, j'aimais plus la salle de gym et le basketball. On jouait le lundi entre 17 h et 19 h. On avait une bonne équipe de 12 personnes qui étaient assez bonnes. On était une équipe internationale : 3 Lituaniens, 2 Russes, 1 Estonien, 2 Polonais, 1 Roumain, 2 Nigérians et moi-même.

Les jours étaient très différents, comme le jour et la nuit. Certains étaient agréables, d'autres difficiles. Pas exactement comme dans la vie courante en dehors des murs de prison. Là-bas, on est libre de ses mouvements. On peut aller où l'on veut. On peut faire ce qu'on veut, dans la limite de ce qui est permis. Mais en prison, on est un oiseau dans une cage. On devient conditionné. Tout ton être devient prisonnier, y compris ton cœur et ton cerveau. Par conséquent, aimer et réfléchir correctement deviennent difficile.

Ce fut le cas dans la nuit du 3 août. Longtemps avant, nous avions planifié des vacances en famille de deux semaines à Perpignan, au sud de la France. On avait loué une maison de caractère avec un grand jardin. On avait prévu de nous baigner à la mer, faire des barbecues, visiter un parc et jouer au foot avec les enfants. Une série

de questions m'empêchèrent de dormir. Allaient-ils faire
tout ça sans moi ? Ou bien, ma femme avait annulé la
réservation. Il était 5 heures du matin lorsque finalement
je pus fermer l'œil.

4

Retenir mon souffle

Mon procès fut programmé sur trois jours : lundi, mardi et mercredi de la 2ème semaine de septembre. Il se tint dans une salle au second étage du Tribunal de District à Stavanger. Le siège était composé de trois personnes : un juge et deux jurés. Ces deux derniers étaient des profanes en droit et représentaient le citoyen ordinaire.

Mon avocat et moi étions assis du côté droit de la salle, le procureur du côté gauche. Lorsque tout le monde fut installé, je balayai la salle du regard à la recherche de la plaignante. Je voulais la regarder droit dans les yeux. Je voulais lui demander ce qui l'avait poussée à me causer des ennuis pareils. Je me demandais si je verrais la même personne, celle qui m'avait incité à dépasser mes limites. Quels sentiments aurais-je en la voyant ? Mais elle n'y était pas. Pour être sûrs, mes yeux examinèrent minutieusement la salle encore une fois. Toujours, elle était introuvable.

Mon avocat m'avait prévenu bien avant.

« Sois poli envers la cour, n'interromps pas les gens, attends ton tour pour parler, ne réagis pas même si tu penses que ce qui se dit n'est pas correct. Les juges tiennent en considération ce genre de chose lors de la délibération. »

Le président du siège, la femme assise au milieu des trois, lit à haute et intelligible voix les faits qui m'étaient reprochés. Pour reprendre son terme technique, le chef d'accusation. Cette femme m'avait l'air sévère. Je me demandais s'il lui arrivait parfois de sourire. Quand elle parlait, elle avait des rides d'expression très prononcées, des lignes horizontales profondes qui couvraient presque tout son front.

- Plaidez-vous coupable à l'infraction de viol ? me demanda-t-elle avec des sourcils relevés.

- Non ! Madame le juge, comme vous le voyez dans ma déclaration à la police, je reconnais les faits, mais je ne reconnais pas avoir violé la plaignante. Tout était consensuel. Si je ne me trompe pas, elle était majeure et capable de consentir.

- Était-elle éveillée et consciente ?

- Tout le temps.

- Avait-elle bu de l'alcool ?

- Oui.

- Était-elle très ivre ?

- Je ne sais pas.

Subitement, le visage de la juge devient plus décontracté.

- Je vous demande de bien réfléchir avant de répondre. Est-ce qu'elle a dit non ?

- Non.

- Est-ce qu'elle a dit oui ?

- Euh... elle n'a pas dit ce mot, mais son corps faisait « *oui* ».

- Êtes-vous sûr ?

- Absolument.

- Qu'a-t-elle dit alors ?

- Rien.

- Êtes-vous sûr ?

- Très sûr. Dire quoi à quoi ? Il n'y avait aucune question posée et il n'y avait rien à dire, plutôt à faire.

Mon interprète, une belgo-norvégienne, avait deviné mes pensées. Elle me demanda si je voulais ajouter quelque chose. Bien en avance, on m'avait demandé si je voulais un interprète. Au départ, l'idée m'avait semblé superflue. Après réflexion, je m'étais rendu à l'évidence. Il m'était impossible de comprendre tous les termes techniques en norvégien. Sans mentionner les nuances dialectiques.

Le procureur commença par dire pourquoi la plaignante n'était pas présente. D'après ses dires, elle ne voulait pas revoir le violeur. Elle pleurait tout le temps, faisait des cauchemars, piquait des crises de panique et d'anxiété, pensait que tout était de sa faute. Puis, il raconta le déroulement des faits, un monologue qui dura près de cinq minutes.

Ce fut mon tour. À vrai dire, je n'avais presque rien à ajouter. Après mille hésitations mentales, je finis par bredouiller quelques mots.

« Votre honneur, je suis désolé. Je n'ai pas été prudent. J'ignorais que le fait d'avoir des relations sexuelles avec une personne ivre était punissable par la loi. »

Elle releva un seul sourcil comme si elle essayait de réfléchir à ce que je venais de dire et chuchota.

« Nul n'est censé ignorer la loi !»

La sœur de la plaignante était là pour témoigner. Elle avait un regard fuyant et des lèvres serrées. La tension était palpable. En se passant la main dans ses cheveux, elle confirma nous avoir surpris dans la chambre de sa petite sœur.

Puis deux hommes firent irruption dans la salle. On dit simplement qu'ils étaient des experts en je ne me souviens plus en quoi. Ils déclarèrent avoir trouvé mon sperme, ma salive et mes cheveux sur la plaignante.

Selon les pronostics d'un ami codétenu, père de famille comme moi, j'allais écoper de 2 ans maximum.

- Si ton juge est de bonne humeur, s'il ne s'est pas disputé avec sa femme, tu peux juste avoir une année, avait-il dit après une partie de cartes.

-       Mon juge est une femme.

-       Pareil ! Si son mari a été gentil avec elle la nuit. Je ne comprends pas comment ils pensent ces juges, policiers, avocats et tout le reste. Ils devraient réduire les peines. Y'a beaucoup de personnes condamnées qui n'ont pas trouvé de prison pour les accueillir. Elles doivent faire une file d'attente pour venir purger leurs peines.

Mon avocat lui, était plus prudent. Quand je lui demandais de faire un pronostic sur ma peine, elle devenait subitement avare de mots.

CHAPITRE 18

Maintenant tu le sais
1
Survivre

Contre mon attente, la peine fut fixée à 4 ans. Oui, quatre longues années ! Et ma famille ? Mon travail ? Désormais, je devais accepter de voir mes enfants et ma femme à compte-gouttes. C'était bien trop tard pour regretter, j'aurais dû penser à cela longtemps avant.

-	La vie continue, t'es pas le premier ! J'en connais plein d'autres qui sont en prison pour viol sur personne inconsciente, infraction aux contours parfois flous et problématiques, me consola mon codétenu qui avait fait un faux pronostic.

Huit mois s'étaient écoulés et les choses se passaient plutôt bien. Je m'efforçais d'oublier ce qui m'était arrivé. Je voulais tourner la page et tracer une ligne marquant un nouveau départ. Ce n'était pas facile. Certains jours, je parvenais à chasser les mauvaises pensées, mais d'autres, elles refusaient de quitter ma tête. Rien de surprenant, peut-on être tenté de dire. La vie est faite de hauts et des bas. À part que moi, j'étais plus souvent en bas et rarement en haut.

En repensant à ma situation, je manquais de mot pour exprimer ma peine. Ce que j'avais fait à ma famille, et à moi-même était ignoble. Mon comportement était *inexcusable*. J'avais honte, mais je devais assumer mes actes. Très souvent, les regrets me rongeaient le cœur. Pourtant, ma mère m'avait répété à maintes reprises que se laisser abattre par les regrets est une perte de temps et d'énergie quand on ne peut plus retourner en arrière pour changer les choses.

Me faire des amis, de toute sorte, était incontournable pour survivre en prison. J'avais obtenu une nouvelle famille et développé des mécanismes d'adaptation. J'essayais d'être diplomate et ne parlais que lorsqu'ouvrir ma bouche était indispensable. Quand on abordait des sujets controversés, je m'éclipsais discrètement. Je savais qu'il ne fallait pas me mêler de ce qui ne me regardait pas.

Je faisais tout pour éviter le type qui embêtait tout le monde. Il avait une vingtaine d'années, mais était en prison pour la 4ème fois. On l'avait surnommé « l'emmerdeur ». Il était en mauvais termes avec les gardiens, l'administration et les autres détenus. On le suspectait même d'être l'auteur d'un incident qui avait fait que tout le monde à notre aile soit puni, faute d'avoir pu identifier le coupable. Quelqu'un avait enfoncé un clou dans la serrure d'une porte. Celle-ci s'était bloquée. Un serrurier l'avait ouverte et remplacé le cylindre.

Le même jour, l'emmerdeur fut une erreur qui faillit lui coûter cher. Avec des mots blessants, il chercha à provoquer le mauvais gars, un russe qui allait être déporté en cinq jours. Le pauvre ignorait que derrière l'aspect chétif du type, se cachait un ancien militaire avec ceinture rouge et noire en jiu-jitsu.

À l'aide de ses griffes, je vis le russe soulever l'emmerdeur en serrant très fort sa gorge. Sans lâcher prise, il le posa par terre. Il suffoquait.

- T'as une grande gueule, toi ! Ben, peux-tu répéter ce que t'as dit ? menaça le russe en le fixant agressivement.

- Répéter quoi ?

- On fait le malin ? Il le souleva encore, cette fois-ci en tirant par les cheveux.

- Attends ! Je vais tout répéter !

- Tu vois, tu entends quand tu veux ! J'ai pas besoin d'entendre tes conneries. Ceci est le premier et dernier avertissement.

L'emmerdeur habitait la chambre en face de la mienne. Sa chambre était un vrai bordel. Il était au lit avec un verre à moitié plein d'eau et fixait le vide. Il avait laissé la télé en veille.

- Il t'a pas fait trop mal le russe ?

- C'est pas la première fois, dit-il sans daigner lever les yeux.

- D'après toi, tout le monde, les gardiens et les autres détenus, sont des connards. Si t'arrêtes pas, tu risques de ne plus revoir le soleil de dehors.

- Je n'en ai pas envie de toutes les façons. Ma vie, c'est ici. En prison, je ne paie ni loyer, ni nourriture, ni électricité, ni taxe, rien du tout ! Et en plus, on me donne de l'argent de poche. Je me plains pas ; 60 couronnes par jour, c'est pas mal. J'ai pas besoin de travailler. Dehors, je dois me lever tôt pour aller au travail, sans mentionner les chefs et collègues chiants. Je dois me démerder pour manger pour enfin me retrouver avec une pile de factures à payer à la fin de moins.

- Tu pourrais gagner plus en travaillant...

- C'est ce que tu penses ? Puis, beaucoup de boulots me sont interdits à cause de mon casier judiciaire surchargé. Je ne peux pas avoir un permis de conduire, je ne peux travailler dans une banque, dans une école ou à la poste. Que me reste-t-il ? Les animaux, je suppose ? Merci de tes conseils quand même.

Je dialoguais avec un mur.

Mort de mon premier amour

Le lendemain, je reçus une bonne nouvelle de la bouche de mon conseiller pénitentiaire. Après consultation avec les surveillants de l'aile, j'avais été promu au rang de *ganggutt*, chef de quartier.

« Tous les surveillants sont unanimes. Tu as un comportement irréprochable. Désormais, tu es en charge de la propreté du corridor, du réfectoire et de la cuisine de votre aile. En plus, tu vas aider en d'autres petites tâches comme la distribution de la nourriture. Le week-end aussi. Ça te fera plus de 400 couronnes supplémentaires à ton salaire mensuel. Ta cellule sera ouverte plus longtemps que les autres. »

La bonne nouvelle me remonta un peu le moral. Enfin, mes efforts avaient été récompensés. J'avais envie de la raconter à quelqu'un. Pour une raison que je ne compris pas, ma femme ne fut pas la première personne à téléphoner qui me vint à l'esprit. Mais un ami de Stavanger. Malheureusement, je n'étais pas libre de mes décisions. Je n'avais le droit de téléphoner qu'entre 18 h et 20 h. Pas avant, ni après.

C'est alors que je réalisai pour la énième fois que mon téléphone me manquait. J'avais été habitué à l'avoir toujours sur moi ou dans les environs. Dans ma cellule, je sursautai parfois en croyant l'entendre vibrer ou sonner. Je mourais d'envie de le tenir entre mes mains, le tripoter à ma volonté sans vouloir ne rien faire de spécial. Je n'avais pas imaginé que la vie sans portable ni internet était si difficile. Ma boîte email devait être pleine de messages « non lus », sans parler de Facebook.

Dans la cour de récréation, assis seul sous un arbre, je fixai les dessins sur le mur de la clôture. Je ne voyais ni entendais les autres détenus autour de moi qui criaient, couraient, ricanaient ou juraient. Mon regard était équipé de rayons T. Mes pensées pouvaient percer le mur de la prison. Cette belle journée d'été, je me voyais avec ma famille sur une plage de Málaga.

- Ton avocat veut te voir, dit un surveillant débout devant moi. Je l'avais vu venir, mais l'avais pris pour un garde de la côte à Málaga où se trouvait ma tête.

- Hein ? Qu'est-ce que tu as dit ?

- Ton avocat t'attend.

- J'avais oublié qu'il venait aujourd'hui.

Mon avocat n'était pas seul. Il était accompagné d'une femme que je n'avais jamais vue. La présentation ne se fit pas attendre.

- Marit, avocat de votre épouse, commença la femme en simulant un sourire.

- Avocat de mon épouse ? Je ne comprends pas.

- Oui, elle a demandé le divorce. Vous devez signer ces papiers.

Mon regard chercha celui de mon avocat qui me fuyait. Il s'attarda un instant sur la femme et traversa la fenêtre, les grillages ne parvinrent pas à le stopper. Mais il se fit mal et fut arrêté par les fils barbelés concertina de la clôture. Les images au-delà étaient floues. Exactement comme le souvenir de ma femme. Une année était passée depuis mon arrestation. Elle n'était jamais venue me voir, elle n'avait jamais répondu à mes lettres.

- Dis-lui de venir ici. Je signerai les papiers en sa présence.

Chose demandée, chose faite. Ma femme se présenta à la prison le lendemain, comme s'il y avait urgence. Les deux avocats attendaient dans la pièce en face.

À vrai dire, je ne sentais presque plus rien pour elle. La haine peut parcourir silencieusement beaucoup de kilomètres avant de se manifester. Quand elle avait refusé venir me voir en prison, je ne pouvais pas y croire. Je m'étais senti trahi. Elle n'avait pas été à la hauteur de ce que mon cœur attendait d'elle. La confiance prend une année pour se construire, mais une seconde pour se détruire. Pour quelqu'un qui avait connu la trahison avant, ce n'était pas facile de refaire confiance à une personne. Sa trahison m'avait laissé une blessure profonde et un goût amer.

Chaque fois que j'y pensais, les mots qu'elle m'avait dits à haute voix à l'église résonnaient dans ma tête « ... *Moi, Heidi, je te reçois comme époux et je te promets de te rester fidèle, dans le bonheur comme dans les épreuves, dans la santé comme dans la maladie, pour t'aimer tous les jours de ma vie.* » J'avais supplié mon cœur de supporter sa présence, mon corps était presque au bout du bout. Malgré cela, j'avais décidé de me comporter en homme poli et civilisé. Le temps des reproches et insultes était dépassé.

- T'es sûre que tu veux divorcer ?
- Ai-je l'air de ne pas savoir ce que je veux ? m'avait-elle répondu en se préparant à ma contre-attaque.
- Et les enfants ? Ne faudrait-il pas attendre un peu ? Pour qu'ils soient assez grands pour comprendre ?
- Et toi, as-tu pensé à eux avant de te faire incarcérer ?
- Bon, changeons de sujet. As-tu déjà vu ça ? je sortis un bout de papier de l'une des poches de mon pantalon et le lui tendis sans le regarder.
- C'est un billet de train. Et alors ?

- Euh… attends, c'est pas le bon papier. Toutes mes poches furent vidées et leur contenu fut examiné. Pas de trace du papier que je cherchais.

« Putain, j'espère que personne ne me l'a chipé ! »

- Combien de temps vais-je devoir attendre ce fameux papier ? ironisa-t-elle en jetant un coup d'œil à sa montre.

- Pas longtemps, je suis sûr de l'avoir vu ! Tous les bouts de papier devant moi sur la table furent passés au peigne fin.

Et 20 secondes plus tard…

- Eurêka ! Le papier s'était caché entre deux cartes de visite ! Le voici *madame*, le reconnais-tu ?

- Pourquoi devrais-je reconnaitre ce reçu ? Je ne l'ai jamais vu.

- Je l'ai trouvé dans tes affaires.

- Et comment a-t-il atterri dans mes affaires ?

- C'est à toi de me le dire.

- Franchement, c'est la première fois que je le vois. Quand et où tu l'as trouvé dans mes affaires ? Elle avait l'air sincère.

- Juste avant notre voyage pour le Burundi, en cherchant quelque chose dans la chambre du grenier, je suis tombé sur un manteau masculin en cuir. Il m'a plu et je l'ai mis pour aller faire une course. En tirant mon portefeuille d'une poche, une pile de papiers pliés est tombée par terre.

- Et alors ?

- Regarde bien le reçu. Ce jour-là, j'avais invité une fille pour dîner. Nous avions mangé des cuisses de grenouilles sautées dans un restaurant français *« Chez Pierre »* à Stavanger. J'avais payé l'addition avec ma carte bancaire. Tu vois, c'est impossible pour moi de ne pas reconnaitre le reçu. Je me souviens toujours des quatre derniers chiffres non masqués, 2456.

- C'était qui cette fille ?

- Nina. Mon collègue qui avait été tué dans un cambriolage à la boutique de la station-service Shell où nous travaillions. Les deux cambrioleurs n'ont jamais été retrouvés jusqu'à ce jour. Je crois t'avoir parlé de ce cauchemar.

- Je ne me souviens pas des détails. Et l'histoire du reçu ?

- Justement. Ce reçu ici devant toi se trouvait dans mon portefeuille que les deux bandits avaient emporté avec eux. Mes questions à toi : as-tu mangé « Chez Pierre » ce jour-là ? Comment ce reçu a-t-il pu atterrir dans tes affaires ? À qui appartient le manteau ?

- [...]

- Ohé, je t'ai posé une question ! Quatre choses t'accablent : la date, le nom du restaurant, les cuisses de grenouille et les chiffes de la carte bancaire. Dis-moi Heidi, connais-tu le meurtrier de Nina ?

- Ferme ta gueule, s'il te plaît ! Elle se leva pour partir...

- Nous devrions signer les papiers de divorce !

- Tu le feras avec mon avocat. Et la porte claqua derrière elle...

Je la vis s'éloigner dans le couloir. Les deux avocats coururent après elle. Quand elle tourna à droite vers la porte de sortie, je pus voir un coin de son visage. Son maquillage n'était plus le même. Elle portait un masque blanc la faisant ressembler à une sorcière de la forêt équatoriale. L'instant d'après, elle était devenue un fantôme qui s'effaçait à l'approche de la lumière.

Ami en souffrance

Deux semaines plus tard, je reçus une lettre.

Cher fils,

Tes enfants se portent bien. Leur mère a disparu sans laisser de trace. La police la recherche, elle a promis de tout faire pour la retrouver.

Entretemps, grand-père est devenu papa. Je m'occuperai d'eux jusqu'à ce que tu sortes de prison. Ils ne seront jamais placés en institution aussi longtemps que je respire.

Porte-toi bien !

K.O

Savoir que Karl Olav prenait soin de ses petits-enfants me rassurait beaucoup. Ils étaient dans de bonnes mains.

Je m'étais fait un nouvel ami. À en juger par son apparence, il devait être le plus âgé de l'aile. Il ne m'avait pas dit son âge, mais en rassemblant les indices, il devait être quinquagénaire.

Son père était norvégien et sa mère française. À la mort de celle-ci, il avait hérité une maison à Châteaubriant, non loin de Rennes. Il était dans le commerce des minerais et avait séjourné à maintes reprises à Goma, à l'est de la RDC. Il disait que sa vie en Norvège était ennuyeuse, qu'il préférait prendre les risques et vivre une vie riche en évènements. Il disait qu'il aimait courir après l'argent, mais affirmait que l'argent n'avait de valeur que lorsque l'on en a un peu.

Il avait écopé de 6 ans de prison. C'était sa première et dernière fois, selon lui. Il disait avoir été toujours prudent, mais cette fois-là, il avait commis l'erreur de faire la mauvaise chose au mauvais moment. Avant, il ne touchait jamais à la marchandise. Il utilisait les agents de livraison sous ses ordres. Ce jour-là, il n'avait personne et il avait reçu un avertissement musclé d'un caïd chasseur de dettes. Dans le besoin, il alla livrer la cargaison en personne. Il ne fit pas plus de 600 m. Comme un pickpocket surpris la main dans le sac, il ne pouvait pas nier l'évidence.

Je le connaissais depuis deux mois et m'entendais bien avec lui. On avait pris l'habitude d'aller à la salle de fitness ensemble, mais ce mercredi-là, il ne s'y présenta pas. Lorsque j'ouvris sa porte pour vérifier si tout allait bien, je fus accueilli par une vue d'un homme en mauvaise condition.

Avant que je ne puisse dire un mot, il me tendit la lettre posée à son côté.

Cher papa,

Je suis fatiguée de courir après le vent. Je ne peux plus supporter cette compétition farouche. Les autres sont toujours devant moi. Je suis moche et nulle. Rien ni personne ne peut m'aider. Je vis dans le vide et tourne dans le vide.

Je vais faire taire défensivement cette douleur. Je vais me venger contre elle. Je vais donner du repos à mon corps devenu cimetière de pilules et comprimés. Contente de rejoindre maman.

Ta fille unique.

Mon regard fut attiré par la première page du journal **Stavanger Aftenblad** sur la table. « *La dépression parmi les jeunes, un problème de société. Une jeune fille de 17 ans saute du pont **Stavanger Bybru** à 26 m de hauteur.* » Pauvre enfant, si seulement elle avait su combien son père l'aimait !

Ma tête ne trouva aucun mot à dicter à ma bouche. La voix de mon ami brisa ce silence gênant.

« *Quel est le sens de la vie finalement ? Toutes les personnes chères à moi me quittent l'une après l'autre.*

D'abord, ma grand-mère, puis ma mère et maintenant ma fille ! Je me suis remis des coups durs antérieurs, mais cette fois, cela va être difficile. Je sais quelle direction prendre, mais je finis toujours par aller là où je ne veux pas. »

Le lendemain, on se réveilla à une scène inhabituelle. On avait de la visite des policiers et du personnel soignant. Après le décès de sa fille, mon ami avait essayé de mettre fin à ses jours, lui aussi. Il avait tenté de mettre le feu à sa cellule sans succès. Il fut transporté à l'hôpital, car il avait inhalé beaucoup de fumée toxique.

Au déjeuner, ma gorge décida de ne rien laisser passer. Même pas le fromage brun que j'adorais. Une grosse boule obstruait la voie.

J'avais fini mon travail et j'étais seul au foyer à ne rien faire. Assis, la tête soutenue par mes deux mains, je pensais à mes enfants. Les autres détenus étaient soit au travail, soit à l'école, soit dans leurs cellules. À travers la porte entrouverte, je pouvais voir la seule gardienne qui était au poste d'observation, comme nous les détenus l'appelaient. Sa position laissait penser qu'elle réfléchissait sérieusement. Je connaissais l'astuce. Soutenir le front par les doigts, la mâchoire par le pouce, et hop ! On repose les yeux.

L'expression naturelle de son visage la rendait plus charmante que d'habitude. Pas de sourcils froncés, ni de prétention. Juste un visage authentique, celui que l'on a lorsqu'on ne sait pas que quelqu'un vous épie.

- À la lecture de ton visage, t'es pas dans ton assiette aujourd'hui, je raclai ma gorge pour ne pas la faire sursauter.

- Tout le monde peut avoir un mauvais jour, dit-elle en se nettoyant les yeux.

- Désolé pour ton ami, il va sans doute s'en sortir !

-       Peut-être pas. Tu te plais ici ?

-       Ça dépend des jours. Et toi ?

-        Et moi, quoi ?

-       Tu te plais ici ?

-       Moi, je suis ici pour purger ma peine et pas pour me plaire.

-       Et moi pour veiller à ce que tout se passe bien, elle avala une gorgée de son café

-       T'as jamais été agressée ?

-       Pas vraiment. Oui, une fois. Un type cinglé en isolement m'a versé son urine au visage.

-       C'était un salaud.

-       Une partie d'échecs ?

-       Volontiers. Es-tu assez éveillée ?

Qu'est-ce qui l'avait poussée à venir s'enterrer entre les murs de prison ? Elle me dit qu'après avoir vu un documentaire à la télé, elle avait décidé de venir faire la différence dans la vie des détenus.

Quand elle fit un faux mouvement avec son Roi, elle me sourit et mon amertume se fendit en deux. Son regard réchauffa mon cœur malmené. Son sourire lumineux pouvait chasser les ténèbres, même pendant les longues nuits de novembre.

Limite sacrée

Ma fonction de chef de quartier s'avéra plus compliquée que je ne l'avais imaginé. Faire la propreté des lieux se passait sans incident. Mais distribuer la nourriture était synonyme de critiques et insultes. Faire respecter les règles n'était pas facile. Certains prenaient plus de nourriture qu'ils ne pouvaient terminer et versaient le reste à la poubelle. Quand j'essayais de leur dire de penser aux autres, la réponse était *« tu veux sans doute envoyer le reste chez toi en Afrique ! »*

D'habitude, je ne répondais pas à ce genre de provocation. Je m'étais fixé un objectif clair à long terme : purger ma peine le plus rapidement possible, oublier l'incident et passer au chapitre suivant de ma vie. Je ne pouvais permettre à personne de me faire perdre de vue mon objectif.

Mais ce jour-là, « l'emmerdeur » réussit à me mettre hors de moi. Après avoir mangé, il laissa son assiette à moitié pleine sur la table. Lorsque je lui demandai gentiment de débarrasser la table, il m'ignora carrément. Je me rapprochai de lui pour une deuxième tentative. Il se retourna.

- Qu'est-ce que tu me veux toi ?

- Juste que tu débarrasses la table comme tout le monde ! lui dis-je en veillant à ne pas l'irriter.

- T'es là pour le faire.

- Je ne suis pas là pour débarrasser à ta place.

- Alors, t'as qu'à chercher ta mère pour t'aider, me cria-t-il comme un enragé.

En une demi-seconde, tout mon être fut secoué par une vague de chaleur. Comment pouvais-je ne pas réagir ? Puis, en un temps deux mouvements, je saisis le crétin et je lui donnai un coup de tête au visage, mon arme fatale depuis l'adolescence. Les vieilles habitudes ne meurent pas facilement ! Il tomba raide mort sur le sol, le sang jaillissait des sourcils de son œil gauche. Son T-shirt qui avait été vert était devenu de couleur jaunâtre. Deux gardiens se saisirent de moi pour m'enfermer dans ma cellule.

Au bout de 30 min, je m'étais un peu calmé, mais ma tête bouillonnait toujours. Je fus surpris de constater que je ne regrettais pas mon geste. En évoquant ma mère, le type avait dépassé une borne et avait empiété sur un territoire sacré. Il avait touché à un nerf sensible qui avait déclenché une rage incontrôlable. Ma mère était et restera à jamais un trésor intouchable au fond de mon cœur.

Même si j'avais fait un pacte avec moi-même de maîtriser ma colère, je ne regrettais pas d'avoir réagi sur le champ. Pourtant, je savais que l'on n'a pas besoin de se battre pour être un homme. Je savais bien que se retirer n'est pas synonyme de fuir, mais une mesure de précaution, souvent un retrait tactique. Mais ce jour, je compris que parfois, se battre est inévitable quand on est un vrai homme. J'avais été incapable de « tendre mon autre joue » après la gifle de « l'emmerdeur ». Je devais faire face aux conséquences.

Isolement, douleur dans la douleur

Je ne savais pas où j'étais. On m'avait juste dit « transfert prison Åna ». On la disait une vieille prison construite au début du 20ème siècle. À l'origine, elle était une prison pour les personnes condamnées aux travaux forcés.

Ma cellule devait être au sous-sol, car elle sentait la « cave ». J'étais coincé dans un cube en béton : les quatre murs, le plafond et le sol étaient tous en béton. J'avais l'impression d'être dans un bunker.

La solitude était mon seul compagnon. Elle était fidèle, elle ne me lâchait presque jamais. Je la chassais, mais elle ne voulait pas s'en aller. Souvent, elle s'invitait dans ma tête et celle-ci se mettait à bourdonner. Je ne voyais pas les autres détenus et ils ne me voyaient pas non plus.

Je devais soumettre mes yeux et mon cerveau à une discipline de fer. Je ne devais pas les laisser vagabonder de peur qu'ils se perdent dans des territoires dangereux. Sans bouger la tête, je devais fixer un point sur le plafond ou au mur. Mon regard restait un instant immobile, mais finissait par se fatiguer. Il traversait alors le mur et s'échappait.

Autre tactique. Je fermais les yeux et essayais de me déconnecter de la réalité. Mais en fermant les yeux, je voyais plus loin, car je faisais plus d'effort pour regarder. Réfléchir était pénible. Tout comme moi, mes pensées étaient en résidence surveillée. Je ne devais pas penser, ni me poser des questions. Surtout ne pas me torturer avec des questions sans réponses.

Sans activité physique, le moral était bas et mon corps aboyait de douleur musculaire. Mon seul sport quotidien, position accroupie sur ma toilette turque. C'était difficile de tenir longtemps, mes genoux commençaient à se rouiller. Il fallait tenir bon. Sinon, éclaboussures sur la culotte et les pieds !

Une nuit, je fus réveillé en sursaut par un type sans visage qui avait forcé la porte. Il portait des gants noirs et essayait de m'étrangler. Je lui donnai un coup de pied qui envoya ma couette contre le mur. Je ne vis personne d'autre dans ma cellule à part moi.

Une autre nuit, je vis la police débarquer chez moi à 14 h. Je fus emmené à l'hôpital. En revenant d'école, mon fils avait été percuté par un chauffard et sa jambe avait été amputée.

Je suis un type social, moi. Je ne peux passer plus de 20 heures sans dire un mot. Je dois parler à quelqu'un. J'avais peur de devenir muet. Pour ne pas perdre la parole, je parlais à moi-même. J'avais l'impression de devenir dingue.

J'entendis des voix dans le couloir. Pourtant, ce n'était pas l'heure du repas. Saisir cette chance et à pleins poumons je criai :

« Sortez-moi de cet enfer, ou je fais un malheur ! »
Mon isolement était devenu une prison dans la prison, une punition pendant la punition.

6

Œil pour œil

L'aile C était la partie de la prison qui n'avait pas encore été rénovée. Mon séjour là-bas ne devait durer que trois jours. La cellule était exiguë et la vétusté était visible partout. Tout au moins, la peinture devrait avoir été refaite à 9. Pire, pas de toilette dans la cellule, juste un lavabo. Il fallait appuyer sur un bouton chaque fois qu'on voulait aller faire ses besoins, le jour comme la nuit. « *Comment était-ce possible en Norvège au 21ème siècle ?* » s'exclama un codétenu roumain.

J'ignorais que le pire allait venir. Sans raison apparente, je fus muté dans une autre cellule à la même aile C après les trois jours. À mon grand désagrément, la cellule était double. Le lit superposé, bien qu'en métal, ne m'inspirait pas confiance. Mon colocataire s'était déjà installé en bas. Il me salua avec un air dédaigneux, sans se donner la peine de me regarder.

Notre cohabitation tourna au vinaigre le soir même. En restant braqué sur la télé, il fumait cigarette sur cigarette. Quand je lui fis savoir que je suffoquais à cause de mon asthme, il me répondit qu'il avait la permission de fumer dans sa cellule et me suggéra d'envoyer une plainte à l'administration pénitentiaire.

À 21 h, je voulus juste regarder les informations, mais il refusa de me donner la télécommande. Il ne semblait pas comprendre que moi aussi j'avais droit à la télévision et que les émissions qu'il regardait ne m'intéressaient pas du tout.

Je pris la décision de ne pas dormir avant lui, mais finis par m'endormir avec mon livre sur la poitrine. Je fus réveillé au milieu de la nuit par une odeur qui ne m'était pas inconnue. J'avais fait la connaissance de cette odeur

168

pendant mon service militaire, plus de 15 ans auparavant. De plus elle se rapprochait, de plus elle devenait plus claire. Je pus reconnaitre cette odeur de plante humide brûlée, cette odeur enivrante.

- Tu veux un joint ? Ma gonzesse est passée aujourd'hui, fit le type en bas.

Le reste de la nuit, je ne fermai point l'œil. Comment dormir avec quelqu'un qui a fumé du cannabis ? Le lendemain matin, je fus le premier au bureau des gardiens, les yeux rouges de sommeil et colère.

« Je ne retourne pas dans cette cellule, je veux être transféré ailleurs ! »

- J'ai peur que monsieur « Pressé » soit obligé d'attendre un peu, fut le gardien en se balançant dans son fauteuil de bureau. Il avala une gorgée de son café et continua.

- … toutes les prisons sont pleines à craquer et la liste d'attente est très longue.

Je me rendis à l'évidence que je devais attendre. Dans l'entre-temps, je devais me protéger contre mon colocataire. Il avait un réseau puissant. C'est ainsi que je pris la décision d'avoir toujours une lame de rasoir sur moi. À la moindre suspicion d'attaque, je lui ouvrirais les veines. Pendant les fouilles, je la cachais sous ma langue en veillant à ne pas l'avaler. Je connaissais ce jeu depuis mon enfance. Pour survivre, je ne devais jamais avoir peur, et si ça arrivait, je ne devais jamais le montrer.

7

Rêve brisé

Après une semaine, mon transfert à l'aile B fut un énorme soulagement. Cette partie venait tout juste d'être rénovée. La cellule était spacieuse et propre. Elle avait une TV écran-plat et une salle de bain avec carrelage, une vraie chambre d'hôtel ! Je fus étonné de voir un aquarium avec une dizaine de poissons de différentes couleurs et formes, dans un coin du foyer.

En sortant de ma cellule, je faillis renverser un type qui faisait des va-et-vient dans le corridor, à l'aide d'un déambulateur.

- Toi, nouvel arrivant, tu ne peux faire plus attention en ouvrant ta porte ?

- Excuse-moi, j'y veillerai la prochaine fois.

- C'pas parce que je suis handicapé que je me laisse piétiner !

« Impossible d'éviter les pépins en prison ! »

Je le vis entrer dans sa chambre adaptée aux personnes handicapées. J'en fus surpris. Je pensais que la loi était plus clémente envers les gens de cette catégorie.

Bien assis dans un fauteuil au foyer, je contemplais les jolis poissons dans l'aquarium. Un type s'approcha.

- Africain ? Commença-t-il à voix basse.

- Pourquoi ?

- Parce que t'es noir.

- Y'a des noirs presque partout aujourd'hui : États-Unis, Jamaïque ou Caraïbes. Puis, y'a des Africains blancs et de toutes les autres couleurs possibles entre le noir et le blanc.

- J'sais, mais tous les noirs sont venus d'Afrique. Bref, tu viens d'Afrique ?

- Originellement, oui.

- Et maintenant ?

- J'en sais plus.

- Comment tu n'en sais plus ?

- Je suppose que je suis devenu norvégien.

- Tu supposes ou t'es sûr ?

- Les deux, je pense. Pourquoi ? Je fixai un instant le type et je vis une blessure intérieure qui saignait.

- Pour rien… Peu importe. T'as de la chance toi, tu devrais en être fier !

Et pendant plus de 30 minutes, il me raconta son histoire. Je ne devais pas parler, juste m'asseoir et l'écouter. Il avait besoin de se décharger de son histoire toxique.

Il me raconta qu'il était originaire du Nigeria et qu'il avait échoué à Lampedusa, en Italie, 7 ans auparavant. Sa femme était enceinte de quatre mois lorsqu'il quitta son pays. Contrairement à ses 53 camarades non retrouvés, il avait été l'un des 32 naufragés repêchés par la marine italienne. Il avait réussi à continuer son périple jusqu'en Norvège. Il avait adoré la facilité de la vie ici. Selon lui, on pouvait bien gagner sa vie, peu importe ce que l'on fait, à part la criminalité. Frappé par la convention de Dublin, il avait été vite renvoyé vers l'Italie, le pays où il avait demandé l'asile en premier lieu.

Pendant plus de 5 ans, sa vie en Italie avait été une vraie galère. Sans boulot ni domicile fixe, il partageait une chambre avec trois autres camarades. Sa part du loyer s'élevait à 100 euros par mois et couvrait seulement la période entre 20 h et 6 h du matin. Il devait être dehors à 6 h et n'avait pas le droit de mettre pied dans la chambre avant 20 h. Pendant qu'il déambulait en ville à la recherche du travail, avec un ventre gargouillant, d'autres locataires utilisaient son matelas. Pas difficile de deviner ce qui s'y passait. Le soir, son matelas sentait un parfum étranger, très souvent féminin.

Il prenait tout boulot qui s'offrait, il était devenu une sorte de machine à tout faire. De la sorte, il parvenait à couvrir ses besoins mensuels. Surtout, il parvenait à envoyer à la fin de chaque mois 200 euros à sa femme (pour son petit commerce de fruits et légumes, la nourriture et la scolarité des enfants), 50 euros à sa mère maladive et 100 euros pour rembourser la dette de son ticket vers l'Europe. Après une longue journée de travail en été, il s'était penché pour ôter une chaussure. Il ne put plus se relever. Une décharge électrique le foudroya dans le dos, comme s'il venait de casser une vertèbre.

Le mal de dos lui gâcha sa vie déjà précaire. Il était venu pour rester. Le pauvre gars ne pouvait plus faire n'importe quel boulot. Après deux mois de retard sur paiement de loyer et remboursement de sa dette, il décida de s'engager dans une entreprise risquée. Un fournisseur lui donna la tâche de livrer quelques kilos d'héroïne en Norvège, pays qu'il connaissait bien. La tentation était grande et l'enjeu très élevé. En cas de réussite, il n'allait plus avoir besoin de travailler pendant une année au moins.

Dans ses termes, il fut la connerie de sa vie qui lui coûta 6 ans en prison. Il n'avait déjà purgé que 9 mois. Il n'osait pas penser à son futur, il ressemblait à un tableau noir avec des trous, on pouvait tomber dedans en s'approchant. Une chose était certaine, il allait être déporté vers le Nigeria après sa peine. La lettre de déportation lui était parvenue depuis six mois. Toutes ces années passées en Europe pour rien, il allait rentrer sans un sou !

« Comment vais-je supporter cette indigence et humiliation ? »

Il avait rassuré sa femme qu'il faisait tout pour que sa famille, elle et les trois enfants, le rejoigne en Italie. Il avait espéré que la bronchite chronique de son dernier fils de 6 ans, qu'il n'avait vu que sur les photos, allait enfin être traitée convenablement. Cet espoir mourut le jour où il fut emprisonné. Il me dit qu'il n'attendait plus que l'inévitable déchéance.

En repensant à lui dans ma cellule, mes problèmes me parurent insignifiants. Je fus rempli de remords pour ces petites choses de la vie que j'oubliai d'apprécier à leur juste valeur. Le gars passait des nuits blanches à cause des questions sans réponses concernant entre autres son logement après la prison, son travail, l'éducation de ses enfants, les soins de santé et la nourriture de sa famille. L'épargne et la pension de vieillesse étaient des pensées luxueuses auxquelles il n'avait pas droit. Je n'avais aucun de ses soucis.

On toqua à ma porte et une gardienne me tendit une lettre ouverte et non datée. Savoir que les gardiens lisaient mes lettres avant moi me rappelait que je n'étais pas libre.

« Salut,

Une éternité est passée depuis que tu es parti de ma prison. Être en prison avec toi a libéré mon cœur du poids de l'amertume. Le temps passait si vite quand t'étais ici. Puis t'es parti ! Et personne ne m'a dit pourquoi. Mais je t'ai cherché et je t'ai trouvé.

Je ne comprends pas ce qui m'arrive. Je ne peux pas arrêter de penser à toi. Je revois ton sourire même quand je ferme les yeux. Tu sais, c'est pas facile. Mon cerveau ne peut pas cesser de penser. J'aurais aimé avoir un bouton on/off *pour l'allumer et l'éteindre. C'est pourquoi je dois remplacer les pensées que je veux chasser par d'autres. Avant, j'étais accro à la coke, maintenant c'est l'amour. Une dépendance doit remplacer une autre. Merci de t'être retrouvé sur mon chemin.*

Je ne veux pas que tu te sentes harcelé, je sais que t'as tes propres soucis. Je sortirai de la prison bien avant toi, mais je t'attendrai.

Tendrement.

C.E.H

Je pliai la lettre et la mis dans une enveloppe contentant d'autres documents confidentiels. Elle venait d'une femme dont j'avais fait connaissance à la prison de Stavanger, quelques mois auparavant. Mon cœur et corps étaient tout sauf prêts pour une aventure de ce genre.

Ma tête avait entendu tant d'histoires ce jour et réclamait une pause. Je la sentais surchauffer. L'aiguille de son thermomètre s'approchait de la zone rouge. J'ouvris le trou de ventilation au-dessus de la fenêtre. Tout mon être se réjouissait du bon bol d'air qu'il prenait.

- T'admires sans doute la Porsche Cayenne de l'infirmière qui s'en va ? mon voisin d'en face s'introduisit dans ma cellule.

- Pas du tout.

- Pour moi, je ne vois que deux possibilités : soit elle est riche, soit elle se fait baiser par un type riche.

Il ricana très fort, mais se rendit vite compte que son humour était inopportun.

- Quand je sors d'ici, je m'en tape une comme ça, dernier cri ! lança-t-il en déguerpissant.

- Bonne chance !

8
Déviation

En revenant d'une séance de volleyball dans la salle de gym, je croisai un type familier dans les escaliers.

- Je crois t'avoir vu à la prison de Stavanger, lui dis-je en analysant son uniforme.

- Exact.

- Que fais-tu au juste ?

- Parler à ceux qui en ont envie.

- Tu as ton bureau au 4ème étage comme les deux autres prêtres ?

- Je n'ai pas de bureau ici, moi. Je suis tout le temps en mouvement.

- Si tu as le temps, tu peux venir chez moi en 30 minutes, le temps de prendre une douche.

Après 45minutes, il frappa à ma porte.

- Belle cellule, fit-il remarquer en arborant un grand sourire.

- J'ignorais que l'Armée du Salut venait ici aussi.

- Ah bon, tu la connais ?

- Beaucoup plus sous l'appellation *Jeshi la Wokovu* en Swahili. Je n'en sais pas grand-chose, juste que son fondateur s'appelait William Booth.

- C'est exact.

- Quelle est ta fonction alors ?

- Je suis le pasteur de Stavanger et en même temps aumônier de prison. C'est à ce titre que je viens ici chaque mercredi.

- Je crois avoir vu le logo sur ton uniforme quelque part ailleurs. Peut-être je me trompe, le magasin d'occasion à Mariero…

-       Fretex ? Vous avez raison. Le magasin a le même logo, il s'agit d'une brocante qui appartient à l'Armée du Salut.

L'aumônier m'avait l'air mûr et m'inspirait confiance. La conversation me permit de chasser les mauvaises pensées que j'avais créées le long de la journée. Je repris le contrôle de mes sentiments et dirigeai mes pensées dans le sens de la sérénité. J'étais à la croisée des chemins, je sentais que j'étais sur le point d'aller dans la mauvaise direction. Ce jour fut décisif, je pus dévier et tourner le dos au gouffre.

Discussions à cœur ouvert

Dans le souci de rendre mon séjour en prison le plus utile possible, j'avais décidé d'apprendre à jouer de la guitare. Je l'avais toujours voulu sans jamais en avoir l'opportunité. La prison offrait des cours gratuits. Mon objectif était de pouvoir jouer relativement bien à la sortie de prison. J'étais conscient que pour y arriver, je devais m'imposer une discipline stricte. Fatigué ou pas, ayant envie ou pas, je devais avoir 45 minutes de pratique chaque soir.

Je venais de jouer la chanson « *Yellow Submarine* » des Beattles quand un camarade m'invita à une partie d'échecs. Pour moi, être bon n'avait pas été difficile. Mais devenir très bon m'avait été impossible. Mon adversaire de ce jour était très bon. Je savais que pour le vaincre, je devais être très vigilant.

Après la partie, un autre type s'était joint à nous, m'adressa la parole.

-       Tu joues bien. T'es nouveau à cette aile ?

-       En quelque sorte.

-       T'es ici pourquoi ?

-       Comme moi, il est ici pour *sovevoldtekt*, viol en sommeil, s'interposa un autre type avec casquette qui venait de se joindre à nous.

-       De quoi j'me mêle ! dis-je incrédule.

-       T'en fais pas copain, on est en famille ici. Cette aile est réservée aux personnes accusées de viol, toutes sortes confondues : en sommeil, en fête, dans la rue, en brousse, en couple, par un inconnu, par un ami ou par un membre de la famille.

Je savais que les murs avaient des yeux et des oreilles en prison. Pour certains, la bouche était plus grande que les autres membres. Mais je ne m'attendais pas à ce que mon histoire se sache si vite.

À en juger par l'expression des visages des deux types, le viol était un sujet très sensible. Moi, je ne voulais pas en parler. J'étais juste là à les écouter se vider de leurs frustrations.

-	Tu sais, nous ne sommes pas les premiers ni les derniers. Comprenez-moi bien, je suis contre le viol et je sais qu'il peut ruiner la vie de la victime. Mais il faut admettre que les contours du viol en sommeil peuvent être flous.

Le monologue devenait intéressant. Le type avec casquette poursuivit.

-	Avoir des relations sexuelles avec une personne qui a dit « **non** » est un viol. Droguer une personne pour avoir des relations sexuelles est un viol. Je crois que nous sommes tous d'accord.

-	Le problème se pose lorsqu'une personne qui a bu, sous l'effet de l'alcool, se laisse aller et dit « *oui* ». Comment peut-on prouver le lendemain qu'elle a dit « oui » la veille ?

-	[...] Je les vis se regarder à la recherche d'une réponse.

-	Faute de vidéo, il faut avoir un document notarié avec noms des témoins, de l'endroit et l'heure exacte. Ou bien, il faut se procurer un alcotest et fuir les personnes ayant bu, répondit le type en short rouge.

-	C'est vraiment compliqué ! Mon voisin de gauche qui vient de je ne sais plus où, a dit que dans leur culture la femme ne dit jamais « oui », commenta le type en singlet blanc.

-	Pourquoi ?

- Parce que chez eux, seulement les prostituées disent « oui ».

- Et comment sait-on qu'elle en a envie ?

- Si elle ne dit pas non ou n'oppose aucune résistance. Chez eux, qui ne dit mot consent !

- C'est doublement compliqué chez eux !

- Revenons ici chez nous ! Moi, mes amis ont été choqués et étaient prêts à témoigner à ma faveur que je ne suis pas du genre violeur.

- Raconte !

- Après une soirée bien arrosée, j'emmène une nana continuer la fête chez moi. Le lendemain, elle appelle la police qui m'embarque immédiatement. Au tribunal, j'étais fou de rage : comment est-elle arrivée chez moi, est-ce que je l'ai traînée ou a-t-elle crié au secours ?

- Qu'a répondu le juge ?

- Viol sans violence et viol sur personne incapable de consentir.

- Déjà vu !

- Je lui expliquai que je ne le savais pas, elle me rétorqua que l'ignorance de la loi n'excuse personne.

- Maintenant, tu le sais !

- C'est trop tard. N'empêche que je dois payer mon erreur de 4 ans de ma vie. Pourtant, je connais quelqu'un qui n'a été condamné qu'à 2 ans. Après avoir bu, il avait tabassé sérieusement son ami. L'alcool a joué en sa faveur comme « circonstance atténuante ».

Un autre type qui s'était contenté d'écouter les autres décida de se joindre à la conversation.

- Mes chers amis. Il faut faire très attention, l'acte sexuel et l'alcool ne font pas bon ménage. Il faut respecter la position de l'autre. Non, c'est non ! Et oui, c'est oui !

Son ennemi d'en face rata une occasion de se taire.

- 	Où est-ce que t'étais, toi ? Toujours en train de rêver ? C'est ce nous disons depuis le début. Si t'as rien à dire, faut garder ta gueule fermée !

La discussion était chaude. Ces types essayaient de cracher leur colère. Moi, j'avais opté pour la garder en mon intérieur. J'étais persuadé que me mettre en colère à cause de ce qui m'était arrivé serait une perte de temps et d'énergie. Cela me ferait plus de mal que de bien. J'avais appris que la loi ne permet pas d'avoir de relations sexuelles avec une personne sous l'effet de l'alcool ou de la drogue. Pas de discussion à ce sujet. Si je savais alors ce que je sais maintenant !

On fut interrompu par le gardien qui nous rappela qu'il était déjà 21 h, le temps de fermeture des cellules.

10
Cri de désespoir

Si mes calculs étaient bons, il ne me restait plus que 9 mois. Les quatre ans avaient été raccourcis à 2 ans 8 mois. On m'avait accordé ma libération à 2/3 de la peine. Ce n'était pas un droit, mais une faveur. Pour l'avoir, il fallait bien se comporter en prison.

Cette année, l'été tardait à venir. Il voulait se faire prier. Début juin, toujours les mêmes matins et nuits froids. J'avais l'impression de vivre un printemps interminable. L'année d'avant, à la même date, je me baladais en T-shirt. L'une des spécialités de la prison d'Åna, elle n'avait pas de clôture. Pourtant, très peu de prisonniers tentaient de s'évader.

Autre chose hors du commun, elle avait une ferme avec une grande étable. Depuis une semaine, je restais dehors toute la journée en travaillant sur une prairie. On était un groupe de huit personnes, dirigées par un enseignant agronome. Participer à la production et préservation du fourrage pour bétail devint un travail fascinant.

La mer du Nord se trouvait à moins de 10 km. Elle s'imposait au loin devant nous. Chaque jour, je me surprenais souvent en train de la contempler de loin. À l'autre bout infini, je voyais le drapeau écossais. Je voyais les *Highlands* enneigés et fendus par des fjords étroits. Mes pensées dansaient au rythme d'une cornemuse jouée par un homme portant une grande perruque noire et une jupe aux motifs de petits carreaux rouges et noirs.

- Dis donc, faut te remettre à travailler, fit un codétenu polonais accoudé à sa pelle.
- Il ne reste que 20 min avant le dîner !
- Tu pensais à quoi ? me demanda-t-il avec intérêt.
- À rien de précis. Pourquoi ?

-       T'avais la tête ailleurs.

-       Dis-moi, t'as pas l'air en forme aujourd'hui, toi !

-       J'ai le pressentiment que je ne reverrai jamais ma mère. Elle est très malade, elle est hospitalisée à Gdansk. Et la prison ne veut pas me laisser aller la voir.

-       Pourquoi te refusent-ils la permission ?

-       Ils disent que je suis un fauteur de trouble. J'ai beau essayer de changer, ce n'est jamais assez pour eux. Au début, j'ai fait beaucoup de bêtises à cause de la frustration, je ne le nie pas. Mais depuis six mois, je fais tout ce que je peux pour améliorer mon comportement.

-       Peut-être, ils vont revoir leur décision.

-       J'pense pas. Ils ne voient pas mes efforts. J'ai envie de prendre un nouveau départ. Peut-être, ça serait mieux d'être transféré à une autre prison où personne ne connait mon passé. Les gens ici n'oublient rien et ne pardonnent rien.

-       Y'a longtemps que t'es ici ?

-       Cette fois, j'ai déjà fait 2 ans et demi ici. J'ai passé 14 mois en détention préventive. La police ne faisait que renouveler les quatre semaines permises par la loi. Raison avancée chaque fois, besoin de plus de temps pour conduire les enquêtes.

L'enseignant passa près de nous. Je m'éclaircis la voix pour qu'il n'entende pas ce que mon ami disait.

-       …et maintenant je ne sais rien. Je ne sais pas si l'on va me relâcher à la moitié, aux 2/3 ou aux 3/3 de la peine. En tout, j'en ai pour 6 ans. La moitié, c'est dans six mois. Les 2/3, ça serait en une année et demie. Et full time, ça serait dans plus de trois longues années. Ne pas savoir ce qui m'arrivera demain est un calvaire.

De loin, le grand navire ne ressemblait qu'à un escargot avançant sur l'immense mer. Ma première pensée fut :

c'est le *Hurtigruten*, l'express côtier ! Mais je me souvins qu'il ne passait pas par là.

Oubliant un instant mon interlocuteur, mes pensées disparurent dans leur propre univers. L'année d'après mon arrestation, nous avions prévu de partir en croisière en famille. On allait parcourir la côte norvégienne avec le *Hurtigruten,* de Bergen à Kirkenes, aller-retour. On se réjouissait d'avance à passer des vacances extraordinaires : visiter des fjords, mais surtout revoir les aurores boréales. Le voyage promettait d'être un moment d'émotion. On allait reculer dans le temps et revivre le jour où ma femme avait dit « oui » à ma proposition de mariage.

Le polonais avait remarqué que j'étais perdu dans mes propres pensées et en avait profité pour s'allumer une cigarette.

-       … je ne comprends pas pourquoi ils ne veulent pas me relâcher à la moitié. Je ne vois pas ce que le gouvernement gagne en me gardant une année de plus. Et il se plaint que les prisons sont pleines et que les prisonniers lui coûtent beaucoup ! On dit qu'un prisonnier coûte environ 3000 couronnes par jour. Fais toi-même le calcul, combien d'argent il pourrait épargner !

-       Sans doute beaucoup. Sans oublier que cela désengorgerait les prisons et raccourcirait les listes d'attente.

En écoutant le récit de sa galère, j'eus un pincement au cœur. Il venait d'une famille pauvre et n'avait fait que quelques années à l'école primaire. C'était sa 3ème fois dans une prison norvégienne. Cette fois, il avait été attrapé avec quelques kilos d'amphétamines.

Il avait très peu d'espoir de trouver du travail chez lui. Comme il n'avait pas besoin de visa, il revenait par le même chemin quelques jours après sa déportation. Il disait qu'aussi longtemps les gens consommeraient les stupéfiants, les fournisseurs n'arrêteraient jamais leurs activités criminelles. La loi de l'offre et la demande l'exigeait ainsi.

Un jour, il devint conscient que les stupéfiants qu'il vendait mettaient la vie des personnes en danger. Dans une apparition, il vit un personnage familier, très maigre et en douleur. Il le suppliait de l'aider à vomir la poudre blanche qui lui brûlait l'estomac. Il se sentit coupable et décida de gagner sa vie autrement.

Pour maximiser ses chances de trouver du travail, il avait appris le métier de soudeur en prison. Il se sentait fatigué de ses allées et venues en prison. Pourtant, le type avait connu pire. Plus d'une fois, il s'était fait tabasser pour non-remboursement de dette ou livraison tardive. La privation de liberté de mouvement et de décision était devenue une torture morale. Celle-ci lui faisait aussi mal que la torture physique.

La prison lui avait déjà bousillé 9 années de sa vie. Il était décidé à tracer une ligne, oublier sa vie passée et commencer une nouvelle vie. Il s'était juré de ne jamais remettre son pied en prison.

Jusqu'au 15 juillet, l'été avait connu des températures inférieures à la moyenne. Par contre, il avait plu et venté le double de la moyenne. J'avais oublié combien il avait fait beau l'année d'avant à la même période.

Malgré cela, ce dimanche de juillet avait été un jour exceptionnel. L'après-midi, la prison avait organisé un barbecue à notre honneur. À 17 h, un groupe de quatre jeunes hommes nommé *Moving with People*, en collaboration avec l'aumônier de l'Armée du Salut, nous divertit dans un concert magnifique. Le groupe était drôle et original.

Allongé par terre et jambes pliées en angle droit sur le lit, j'essayais de soulager les muscles de mon dos. Ce soir-là, je devais enregistrer des histoires à envoyer à mes enfants. En fouillant dans ma tête, je me souvins de l'histoire de *la chèvre maligne*. Je n'étais pas sûr de ne l'avoir pas racontée à Coco avant. Il m'avait dit plus d'une fois qu'il aimait écouter et réécouter les histoires que je lui envoyais.

L'impatience commençait à monter en moi. Il ne restait plus que 7 mois. Pour réduire le risque de choc à l'extérieur, mon conseiller pénitentiaire m'avait suggéré d'aller en permission plus souvent avant ma sortie de prison. Jusque-là, je n'avais jamais demandé de permission pour aller voir mes enfants. Je voulais m'épargner des scènes de séparation douloureuse.

Mercredi était le jour de la Bibliothèque. J'avais emprunté « *Critique de la raison pure* » d'Emmanuel Kant et dévorais les pages l'une après l'autre. Mon professeur de philosophie disait que ce livre était l'un des dix livres qu'il fallait lire avant de mourir. Au bout de trois heures de lecture, ma tête réclamait de l'air frais. Après plus d'une heure de marche dans la cour de récréation, mon malaise s'évapora comme de la fumée.

Chacun devait regagner sa cellule à 17 h. En passant dans le portique de sécurité, un bip sonore se fit entendre dans l'une des poches de ma veste. Le gardien y retira une boule de papier aluminium.

Il me convoqua dans son bureau. Un autre surveillant nous y rejoignit. À peine, avait-il fermé la porte qu'il me fixa d'un regard incrédule.

- Peux-tu m'expliquer comment ces gélules d'amphétamine ont atterri dans ta poche ?
- Aucune idée.
- Sais-tu que les stupéfiants ne sont pas admis ici ?
- Très bien.
- Ces gélules, sont-elles à toi ?
- Jamais de la vie.
- As-tu ôté ta veste dans la cour ?
- Oui, j'avais chaud.

Quelqu'un avait profité de quelques minutes d'inattention. Qui chercherait à me nuire ? Il ne pouvait s'agir que de deux personnes, mes deux pires ennemis. Tout en cherchant le motif de cet acte méchant, je ne cessais de clamer mon innocence. J'étais conscient de la gravité de la situation.

J'implorais le ciel et la terre pour qu'ils trouvent le vrai coupable.

J'étais prêt à tout, sauf retourner en isolation.

Halden, la prison la plus humaine du monde

À mon très grand soulagement, on m'évita l'isolation à Åna. Je fus plutôt transféré vers l'est à la prison de Halden, non loin de la frontière suédoise. Partout dans le monde carcéral, on vantait cette prison. On la présentait comme « *la prison de rêve.* » Certains l'avaient baptisée « *la prison la plus humaine du monde.* »

Eh bien ! Quelle merveille ! Les concepteurs de cette prison devaient avoir été décorés par Sa Majesté le Roi. Le luxe s'imposait partout, de l'entrée à la sortie. On avait du mal à croire que l'on était dans une institution pénitentiaire. Les bâtiments étaient tout sauf « *style institutionnel.* » On dirait plutôt une auberge de luxe dans une jolie nature.

Je fus placé à l'aile B. Ma cellule à la prison d'Åna était assez luxueuse. Celle de Halden se distinguait par un luxe hors du commun. En plus d'une TV écran-plat, d'une salle de bain avec carrelage et d'un mini-frigo, ma cellule avait une grande fenêtre sans barreaux. Elle devait avoir plus de 10 mètres carrés.

La rencontre entre les rayons solaires filtrant à travers la fenêtre et la couleur vive de ma cellule créait une couleur spectaculaire tendant vers l'orange. Celle-ci donnait à mon cerveau une bonne humeur et lui ordonnait de chasser les idées noires.

La prison offrait une large gamme d'activités de loisir. J'en choisis trois : le basketball bien sûr, la musique et l'escalade de mur. À l'image de la prison elle-même, notre équipe de basket était une équipe internationale. En plus de moi, elle comprenait 1 Espagnol, 2 Russes, 2 Polonais, 2 Lituaniens, 2 Serbes et 1 Néerlandais. L'Espagnol le taquinait souvent en lui demandant où il avait appris le basketball.

« Si ma mémoire est bonne, la Hollande n'a jamais remporté l'EuroBasket. »

Mes talents de guitaristes n'étaient plus un secret pour personne, moi-même y compris. Notre groupe faisait des répétitions deux fois par semaine. Nous envisagions même d'enregistrer notre album à nous et nous produire en concerts.

J'avais aussi développé une nouvelle passion, l'escalade de mur. Je m'étais fait un grand pari : je n'allais pas mourir sans avoir escaladé le mont Kilimandjaro. Chaque jour, je découvrais les bienfaits de ce sport qui faisait travailler en même temps les bras et les jambes.

En grimpant le mur, je sentais une montée d'excitation à chaque étape. C'était comme résoudre à chaque fois un nouveau problème en faisant attention où je posais les doigts et les pieds. Une gymnastique qui nécessitait une maitrise de la coordination et de l'équilibre. L'un des codétenus russes n'arrêtait pas de me dire qu'un jour, l'administration pénitentiaire regretterait d'avoir appris aux prisonniers à escalader les murs.

***

La Bibliothèque était plus fournie que celle de l'université que j'avais fréquentée. Je lisais *Le Monde* et mon voisin feuilletait le *El País*.

Soudain, mon mal de dent recommença. La nuit avait été pénible. Malgré les quatre comprimés d'aspirine déjà avalés, j'avais la sensation d'une aiguille plantée dans ma gencive. Comble de malheur, la dentiste de la prison ne pouvait pas me recevoir avant deux jours. Pour soulager la douleur, elle me conseilla d'appliquer un glaçon sur la dent souffrante et rincer ma bouche avec une infusion de menthe poivrée. La dent fut arrachée et le trou bouché. Plus de douleur. Ce fut un problème de moins.

Il me semblait que la plupart des surveillants étaient des femmes. Surtout, ils faisaient tout pour être amicaux envers nous. On partageait nourriture et café. Ensemble, on jouait à des jeux et on faisait du sport.

Malgré toutes ces bonnes conditions, certains se plaignaient qu'il manquait telle ou telle chose. Pour moi, la prison ne pouvait pas être mieux. Le plus important, c'était la liberté de mouvement. De toutes les façons, ma vie n'était pas en prison. Je devais être avec mes enfants. À propos, le compte à rebours avait commencé. Il ne me restait plus que quatre mois. Pourtant, quand je réfléchissais à mon avenir, mes pensées tombaient dans un trou.

Après 30 minutes de courses entre les arbres de la cour, mon corps réclama une pause. Même si les arbres commençaient à prendre les couleurs d'automne, je sentais toujours l'été en l'air. Assis sur un banc, j'admirais l'œuvre de Dolk sur le mur. *Le prisonnier* essayait de lancer un poids enchaîné à sa cheville. C'était évident qu'il devait d'abord briser la chaîne. Sinon, le poids pouvait causer des dégâts à son corps. Belle illustration d'une personne en captivité mentale et physique.

Au loin, mes yeux captèrent un incident dû à une erreur humaine. Deux gardiennes sur trottinettes faillirent se rentrer dedans. Mes pensées percèrent le mur de la prison, pourtant barrière infranchissable à mes yeux. Elles déambulèrent dans la forêt de l'autre côté du mur, à petite vitesse au début. Puis subitement et comme sur un circuit de Formule 1, elles tournèrent à une vitesse vertigineuse. C'était devenu mon lot quotidien. C'était soit des étourdissements pareils, soit une tristesse chronique.

Plus je réfléchissais à mon avenir, plus je mourrais d'anticipation. Je me heurtais à chaque fois à une équation à plusieurs inconnus. Comment élever seul deux enfants, sans une femme à mes côtés ? Comment tomber amoureux encore ? Combien de temps avant de trouver un nouveau partenaire ? Comment trouver la bonne personne ? Je voulais épargner mes enfants d'un autre divorce.

Allongé par terre sur mon dos, je rêvassais en fixant le plafond. J'étais là, sans force ni désir. J'avais le sentiment que tout allait se passer mal. Je fonçais vers un fiasco. Pour chasser mes idées noires, j'allumai la télé. Erreur. Impossible de me concentrer. Même la question piège du journaliste au Président du Comité Nobel ne me fit aucun effet :

-       Monsieur le Président, l'année dernière, le lauréat du Prix Nobel de la paix a été une surprise pour beaucoup d'entre nous. Est-ce que ça sera aussi le cas cette année ?

-       Croyez-vous que je peux révéler son nom avant l'annonce officielle ?

Un petit doigt sur la télécommande. Plus de bruit.

***

Je fus l'un des six prisonniers retenus pour participer à une retraite silencieuse organisée dans la prison. Lieu, un petit bâtiment retiré dans le bois. Je dus me rendre à l'évidence, mon âme était malade. Il avait été attaqué par trois virus frères : la tristesse, l'angoisse et la colère.

L'idée de voir un psychologue m'avait traversé la tête, mais elle s'éloigna comme elle était venue. Je voulais d'abord essayer autre chose. Trouver les racines moi-même et chasser les mauvaises herbes de mon corps. Je connaissais beaucoup de prisonniers qui souffraient des maux similaires. Un phénomène social inquiétant. Je refusai de faire partie des statistiques alarmantes.

Pendant 14 jours et sous la direction de deux guides spirituels, chacun devait faire un examen de conscience.

« Chacun est unique, chacun est différent. On ne naît pas mauvais, on le devient. L'erreur est humaine. »

Chacun devait libérer son âme pour trouver ce qui l'empêche d'être une bonne personne. Chacun devait faire ses choix, prendre un nouveau départ. On ne devait pas se parler. Tout devait se passer en silence, même manger. Pas de distractions : radio, TV, journal, ordinateur et téléphone, rien du tout.

Le silence me rappelait ma mère. Elle disait souvent qu'il faut s'isoler pour écouter son âme. Celui-ci ne parle que dans le silence. Pour se connecter à soi-même, il faut se déconnecter des distractions qui nous entourent. Dommage, j'avais longtemps négligé cet aspect. Tout d'un coup, je me vis nu, sans masque. Seul et face à moi-même, je pouvais m'avouer mes peurs, mes faiblesses et mes erreurs. Je pouvais crier à l'aide !

En palpant ma jambe, je trébuchai sur ma cicatrice. Une décharge électrique foudroya mon corps. Elle était née dans les orteils et alla mourir dans le cerveau en traversant le genou et le dos. *La cicatrice*, j'avais trouvé le nœud de mes problèmes ! J'avais été longtemps contrarié sans le savoir. Pourquoi avais-je gardé secrètes les informations relatives au meurtre de ma collègue ? Pourquoi continuais-je à protéger des personnes qui avaient failli couper ma jambe en deux ?

Je pris deux résolutions. Tout d'abord, dénoncer mon ex-femme pour complicité de meurtre, aussitôt dehors. Et puis, ne plus toucher à l'alcool. J'étais en prison à cause d'un manque de maitrise de soi. Si je n'avais pas bu, je n'aurais pas dépassé mes limites.

***

Après la retraite, je n'avais plus peur de penser à mon avenir. L'heure était au bilan. L'une des leçons, mon séjour en prison m'avait révélé qui était mon ami. C'est dans le malheur que l'on reconnait son véritable ami !
Sur un total de plus de 20 personnes, seulement deux étaient venus me voir en prison. Pour les autres, plein d'excuses : la prison était éloignée, ils étaient occupés ou ils avaient peur de la prison.

C'était mon tour de faire la cuisine ce mardi. On était un groupe de trois personnes, j'avais préparé six calzones ; deux à chacun. J'entamais mon deuxième quand un gardien me tendit une lettre.

La lettre écrite au stylo était le seul moyen de communication en prison. Dehors, les lettres personnelles n'étaient plus que des factures. Ouvrir une lettre était devenu une source d'anxiété. Ma bouche devenait sèche et une boule barricadait ma gorge. Mon cœur s'emballait et ne s'arrêtait qu'après avoir lu la nouvelle.

À la lecture d'un paragraphe, mon cerveau se planta et son écran devint trouble.

« ... les médecins ne savent pas combien de temps il me reste. Mais ils disent que le cancer n'est pas très avancé. Dans un mois, je dois subir une opération qu'ils appellent « prostatectomie. » Tu me connais bien, je suis un guerrier ! Je vais faire comprendre à ce sale cancer qu'il s'est trompé de cible ! »

K.O

CHAPITRE 19

Bracelet électronique, prison ambulante

Quand Karl Olav fut hospitalisé, mes enfants n'avaient plus personne pour s'occuper d'eux. Je fus libéré prématurément de la prison, trois mois avant terme. À condition de porter un bracelet à ma cheville. On m'avait expliqué que le bracelet était en communication avec le boîtier ressemblant à un décodeur installé à mon domicile. De la sorte, les gardiens pénitentiaires savaient où je me trouvais chaque minute.

J'étais très content d'être enfin avec mes enfants. Je pouvais les emmener à l'école, au supermarché, au stade et au cinéma. Aucun endroit de plus. Sauf être à la maison. Là aussi, seulement dans le petit périmètre autorisé. Par exemple, je n'avais pas le droit de mettre le pied au jardin. Je n'avais la permission d'être en dehors de ma maison que pendant 5 heures par jour. En tout et pour tout, deux heures l'avant-midi et trois heures l'après-midi. Pas avant 6 h du matin, ni après 18 h.

Ma joie d'être en dehors d'une prison à quatre murs s'estompa vite. Ma liberté n'était qu'illusion. J'étais en résidence surveillée. Ma propre maison était devenue ma prison dans laquelle j'étais mon propre surveillant. La prison s'était installée dans ma zone privée. La situation était invivable.

Le couvre-feu de 18 h n'existait que chez moi. Mes voisins continuaient à circuler comme ils voulaient. Je les enviais beaucoup, j'étais le seul prisonnier au milieu d'une foule de gens libres. Au moins en prison, mes voisins étaient aussi emprisonnés. Nous étions tous prisonniers. En plus, ce fichu bracelet sonnait à tort et à travers. Quelques secondes de retard à rentrer, un enfant qui secoue le boîtier par mégarde ou une coupure d'électricité suffisaient pour déclencher l'alarme au risque d'une intervention policière.

Je me sentais constamment repéré. En position assise, aucun habit n'était assez long pour dissimuler le bracelet. Le short était un luxe que je ne pouvais pas me permettre.

Je devais me contenter de regarder mes enfants jouer au jardin. Ce lieu était très éloigné pour m'être permis. Une bagarre fraternelle éclata entre mes deux garçons. Je ne pouvais pas aller les séparer. Cette impuissance m'humilia. Enragé, j'eus envie de couper ce bracelet en deux et retourner en prison.

Cette mauvaise idée mourut en voyant mes enfants sourire encore. C'était dur, mais je tins bon jusqu'à la fin des trois mois.

TROISIÈME PARTIE
Ma vie après la prison

CHAPITRE 20
Premiers faux pas

Mon Dieu, j'avais terminé ma peine ! Je ne devais plus rien à personne. Pas tout à fait, sauf les 100.000 couronnes d'amendes !

Les premiers jours, je me sentais toujours emprisonné. Les pires chaînes se trouvaient dans la tête. J'étais comme un oiseau resté longtemps ligoté. Il ne vole pas immédiatement après le retrait de la corde. Ce n'était pas facile de gérer ma liberté. Je m'attendais toujours à ce que quelqu'un me dise ce qu'il fallait ou ne fallait pas faire. Ma tête était toujours en prison. Elle avait été trop longtemps habituée à ce que quelqu'un d'autre lui dise quand se réveiller, prendre les repas, sortir ou se coucher.

Je pris contact avec mon ancien employeur pour lui dire avec regret que je ne pouvais plus travailler sur la plateforme. J'étais seul, je n'avais plus personne pour s'occuper des enfants pendant mon absence. La semaine suivante, il me téléphona pour me dire que j'avais de la chance. Au siège à Stavanger, on avait besoin d'un substitut de l'agent de propreté, pendant son congé de maternité. À vélo, c'était à 15 minutes de chez moi.

J'étais content de recommencer à travailler. Mais vite, ma joie céda à la frustration face à la montagne de responsabilités. En plus de mon travail, je devais m'occuper de deux enfants âgés de 5 et 10 ans. Pour ne rien oublier, j'avais collé mon horaire au frigo.

Voici une journée type :

5 h45-06 h15 : Réveil, toilette et petit-déjeuner Papa

6 h15-06 h30 : Réveil et toilette Coco

6 h 30-06 h45 : Réveil et toilette Jean Paul

6 h45-7 h00 : Petit-déjeuner enfants, préparation déjeuners
à emporter Coco

7 h10 : Départ pour tout le monde

7 h30 : Début travail Papa

13 h00 : Fin école Coco

15 h30 : Fin travail Papa

16 h20 : Chercher Jean Paul à la maternelle

18 h00 : Dîner

19 h00 : Dodo Jean Paul

19 h30 : Dodo Coco

Je faisais la lessive le week-end. Une voisine expérimentée m'avait filé le tuyau d'apprêter les habits des enfants la veille, après les avoir mis au lit. Je devais m'arranger pour trouver le temps de préparer le diner de 18 h. Sans oublier aider Coco à faire ses devoirs. Les enfants avaient droit au loisir. Lundi, Coco jouait au piano. Mercredi, il allait chez les scouts. Samedi, il jouait au foot.

La fatigue ne voulait jamais me lâcher. J'avais déjà endommagé deux réveils en les envoyant au mur. Pourtant, je refusais de craquer. Juste en bas de mon horaire, j'avais écrit : *No burnout* !

Je tenais absolument à être un père idéal. Je devais essayer de tout faire. Sans compter sur personne d'autre. À part Rita qui me donnait un coup de main de temps en temps. Rita était la mère de Gustav, un ami et camarade de classe de Coco. Elle avait accepté que mon fils reste chez eux après l'école. Il rentrait alors à la maison après mon arrivée à 15 h 45. C'était un grand service. Je le savais en sécurité là-bas.

Rita était infirmière et travaillait beaucoup les nuits. Sa mère n'habitait pas loin. Elle adorait s'occuper de son petit-fils en l'absence de sa fille. L'amitié entre nos enfants fit naître une relation d'une autre nature entre Rita et moi.

Pourtant, chacun de nous avait une face cachée, faisant face au passé. On s'offrait seulement la face visible. Nous ne nous devions aucune explication à propos de ce que nous cachions derrière nos dos. Nous connaissions les questions que nous devions éviter de poser. Nous devions boire le vin sans remuer le verre.

En l'espace d'un mois, la distance entre nous disparut sans laisser de trace. On devint proche, très proche même. Malgré nos horaires chargés, on put trouver une petite heure juste à nous. Sans le dérangement des enfants. Samedi, entre 15 h et 16 h, tous nos trois enfants jouaient au foot. À ce moment, Rita et moi jouions à un autre jeu. En une heure, nous devrions avoir terminé tout le paquet. Au retour des enfants, nous devrions prétendre que nous n'avions bu que du café pendant ce temps-là.

Personne de nous n'était conscient que nous jouions avec le feu. On peut s'attacher sans s'en rendre compte. Un samedi de printemps, Rita me fixa droit dans les yeux :

-    Pourquoi ne pouvons-nous pas oser prendre le risque de nous aimer ? Seulement deux chemins parallèles ne peuvent pas se croiser. C'est vrai, nos vies vont dans deux directions opposées. Mais souviens-toi, la terre est ronde. Nos vies pourraient se croiser après avoir fait le tour du monde !

-    Je suis partisan de l'amour éternel, balbutiai-je, toujours hypnotisé.

-    *L'amour éternel* est une contradiction terminologique. Une chose pareille n'existe pas ! Rien n'est éternel à part peut-être le mot *éternité* elle-même, Monsieur l'adolescent éternel !

-    Y'a quand même des gens qui s'aiment toute la vie !

-       Dans quelle vie ? Ici sur terre ? Peut-être dans la vie d'après. L'amour est seulement vrai à un moment donné. Après, il change avec le temps.

Quoi qu'il en soit, je n'étais pas encore prêt pour laisser une personne s'approcher trop de moi. L'espace autour de moi était un champ miné.

La vie à la maison devenait invivable, trop de souvenirs de ma vie avant la prison. Les enfants n'arrêtaient pas de commenter :

« Maman aimait s'asseoir ici, maman dormait ici, maman accrochait son manteau et son bonnet ici… »

J'avais envie de déménager dans un endroit où personne ne connaissait notre histoire. Un endroit où les voisins ignoraient que j'avais été en prison pour *viol*. Je voulais épargner mes enfants d'être traités *d'enfants de criminel*. Certains faisaient de l'amalgame désagréable.

Nous avions besoin d'un nouveau départ. Tourner la page. Commencer un nouveau chapitre, sur une page vierge.

***

Un dimanche après-midi, je me rendis chez Rita pour lui dire au revoir. Je fus accueilli plutôt par sa mère, assise à la véranda.

-       Un café, jeune homme ?

-       Volontiers, madame.

-       Je suis venu dire au revoir. Dans trois jours, nous allons…

-       J'ai entendu, me coupa-t-elle. J'espère que ton fils viendra souvent rendre visite à Gustav.

-       Ça, c'est sûr.

-       Et sa mère ?

-       Sa mère ? m'exclamai-je en n'osant pas regarder mon interlocuteur.

-       Jeune homme, je suis malentendante, pas
aveugle ! L'appareil auditif que je porte m'aide à bien
entendre, pas à bien voir.

-       C'est ce que je me dis.

-       Je connais ma fille. Elle s'attache difficilement,
mais lâche facilement. Elle ne s'est jamais remise de la
mort inattendue de son père.

-       Elle n'a pas dit où elle est ?

-       Elle a juste dit qu'elle avait besoin d'être seule
pendant trois jours.

Je me levai pour partir…

-       T'es pas obligé de t'en aller maintenant. Et toi, ça
va ? Élever seul les enfants ?

-       Ça finira par aller.

-       Tout à fait. Quand les choses vont mal, le meilleur
est à venir.

-       C'est peut-être mieux d'envisager le futur comme
ça.

-       Moi, je ne regarde pas beaucoup le futur. Plutôt
le présent et le passé. Pour moi, le meilleur est déjà
passé. Maintenant, je dois prendre soin de quatre
générations : ma pauvre mère de 85 ans, moi-même, ma
fille et mon petit-fils. Parfois, c'est trop !

CHAPITRE 21

Seconde chance
1
Invitation inattendue

J'avais voulu déménager à plus de 500 km, mais le sort en décida autrement. L'escale suivante fut Egersund, à moins de 100 km de notre ancienne maison. Notre nouvelle maison se trouvait à quelques minutes à pied du centre-ville. Sur une colline, juste à 200 m de l'école *Husabø*. Pendant la récréation, j'entendais mes enfants jouer.

Ce fut un coup de foudre. Mon amour pour Egersund ne cessait de grandir. J'aimais sa taille, son climat et son relief. La ville comptait une population d'environ 10.000 habitants et était en pleine expansion. Je n'étais pas le seul à la trouver attirante. Les gens fuyaient Stavanger pour cette perle rare. L'une des raisons, jamais d'embouteillage. Aucun feu de signalisation à se soucier, juste des ronds-points.

Egersund était nichée entre quatre collines qui la protégeaient contre les vents violents de la mer du Nord. Les gens avaient un patriotisme local fort. Ils s'accrochaient jalousement à leur ville. Ils se présentaient comme ressortissant d'Ok*ka by,* notre ville. Comme s'ils étaient les seuls à avoir leur propre ville. Au bout d'un mois, je m'étais facilement adapté à mon nouveau mode de vie. La pharmacie, l'épicier et le cabinet médical se trouvaient à deux pas de chez nous.

Comme j'étais sans emploi, j'avais plus de temps pour moi et pour mes enfants. Pour découvrir de nouveaux endroits, j'aimais aller en promenade. Je fis une courte pause afin de contempler le reflet des maisons multicolores dans le fjord. En regardant un peu plus loin, je vis un navire de la garde côtière.

Après un moment d'admiration de ses canons, une forte odeur de poisson pourri m'obligea à rentrer. Elle provenait de l'usine de fabrication de l'huile de hareng, juste en face. Certains se plaignaient de cette odeur répugnante. Je leur disais que pour certaines personnes, le travail dans cette usine était leur seul salut.

Aussitôt arrivé à la maison, je m'offris un café et m'installai devant mon ordinateur. En ouvrant ma boîte, je n'avais qu'un seul message non lu. Une invitation LinkedIn. Il s'agissait de la 3ème invitation provenant de la même personne. Contrairement aux deux précédentes ignorées, je décidai de l'ouvrir.

Bonjour Jean Claude,

J'aimerais vous inviter à rejoindre mon réseau professionnel LinkedIn.

Charlotte.

Ma réaction fut immédiate :

Bonjour,

Je vous remercie d'avoir pensé à moi, mais je ne suis pas du tout intéressé.

J.C.

Deux heures plus tard…

Je vous remercie de votre réponse. Je comprends et respecte votre position. Cependant, vous êtes d'accord avec moi que c'est une occasion de rester en contact avec les autres professionnels dans votre domaine.

Au plaisir d'échanger.

Ch.

Où se trouvait le mal ? Après tout, LinkedIn était un réseau professionnel et non un site de rencontres. Son invitation fut acceptée et les correspondances furent fréquentes. Charlotte ne tarda pas à me demander de l'ajouter à ma liste d'amis Facebook. Elle fut ma 421ème amie. Mes amis devenaient très nombreux. Pourtant, je ne les rencontrais presque jamais physiquement. Je ne pouvais pas compter sur eux en cas de besoin.

Je dialoguais en ligne avec Charlotte chaque jour, et souvent pendant plusieurs heures. Nous étions tous les deux célibataires. On décida alors de passer du virtuel au réel. Elle me proposa un rendez-vous chez elle, à Lille, au nord de la France.

Son invitation fut acceptée immédiatement. Mais, dans ma tête, je n'étais pas encore prêt de m'engager dans une relation sérieuse. D'elle, j'espérais une aventure sans lendemain. Je voulais une vie sans contraintes ni faux espoirs.

2

Rendez-vous à Lille, Nord de la France

Charlotte avait choisi un restaurant japonais, situé pas très loin de la gare Lille-Flandres. J'avais mémorisé sa photo de profil Facebook. Sans équivoque, elle n'était pas là. Je décidai de m'asseoir et de l'attendre. Je n'avais pas d'autres choix. Je n'avais pas son numéro de téléphone. Le temps commençait à être long. Je ressemblais à un adolescent le jour de son premier rendez-vous.

Une femme s'approcha de moi.

- Jean Claude ?

- Oui, fis-je en hochant ma tête.

- Vous êtes ici pour rencontrer une femme ?

- Je crois.

J'eus envie de disparaître. Elle était loin de ressembler à celle que j'attendais.

- Charlotte m'a chargé de vous présenter ses excuses pour ce retard. Mais elle arrive bientôt.

« Ouf de soulagement ! »

- Vous a-t-elle dit quand elle viendra ?

- Je me dis qu'elle ne va pas tarder.

Être en face de cette autre personne me mit mal à l'aise. Elle, était plus décontractée.

- Avez-vous fait un bon voyage ?

- Plus ou moins, répondis-je en me forçant de la regarder.

J'étais là pour rencontrer Charlotte, pas une autre. J'étais venu pour passer un bon moment avec elle et découvrir si elle voulait aller plus loin.

- Salut, une voix féminine me tira de mes pensées.

C'était celle que j'attendais. À quelques exceptions près, elle était comme dans mon imagination. Elle ne portait presque pas de maquillage. Elle parlait français avec un accent étranger. En plus, j'avais un sentiment étrange de l'avoir vue ailleurs que sur Facebook. Mais où exactement ? Je ne pouvais pas dire.

Elle était sublime, mais je la sentais ailleurs. C'était comme si elle pensait constamment à quelque chose. Une chose qu'elle avait oublié de faire.

Je ne tardai pas à le savoir.

Une petite fille d'environ 5 ans, sortie de nulle part, se joignit à nous.

- Maman, puis-je avoir une glace à la vanille ?

- Bien sûr ma chérie, répondit sa mère, en regardant plutôt mon visage.

Je vis la fille s'asseoir à côté de la femme qui m'avait présenté les excuses.

- Je ne savais pas que vous aviez un enfant ! dis-je simplement.

- Ça vous déçoit ?

Les choses prirent une autre tournure. La femme en face de moi enleva sa perruque et se révéla à moi, à visage découvert. Ça me prit un moment avant de réaliser qui c'était. Elle enchaîna en me tutoyant.

- J'espère que tu ne te sens pas piégé. J'étais désespérée, je ne voyais aucun autre moyen. Cet enfant est ta fille. Elle s'appelle Emma, parce que conçue le 19 avril.

- [...]

- ... avant tout, je veux te demander pardon pour t'avoir mis en prison. Je tenais à te le dire en tête à tête.

Ce fut son dernier mot. Je ne pouvais pas lui donner l'occasion de me dire plus. Mon cerveau lâchait prise et ne comprenait plus rien.

3
Si j'avais su

Après presque une journée de voyage, je me sentais abattu. Aussitôt de retour chez moi, j'avais pris la résolution de bloquer Charlotte. Pour qu'elle ne puisse plus m'envoyer de mail.

Mais avant que je ne le fasse, elle m'avait déjà écrit.

Tu ne peux pas savoir à quel point ça m'a fait plaisir de te revoir. Sache que je comprends ta colère. J'aurais probablement fait de même si j'étais à ta place.

Tu ne peux pas non plus savoir combien Emma a été contente de voir enfin son père. Un père qu'elle n'avait jamais vu depuis sa naissance. Je lui avais toujours dit qu'elle a un papa gentil qui vit quelque part.

Pourquoi n'ai-je pas avorté ? Ce n'était pas la première fois que je tombais enceinte. C'était la deuxième. Je ne regrette pas d'avoir gardé mon enfant.

À 17 ans (pour ton information, j'ai 26 ans aujourd'hui), je découvris que mon copain d'alors, mon premier amour, me trompait avec mon amie. Je me sentis humiliée et rompis immédiatement avec lui. Mais il ne voulait pas en entendre parler. Je crois que quelque part, un bout de moi l'aimait toujours.

Un mois plus tard, je le rencontrai à un anniversaire d'un ami commun. Il me chanta qu'il m'aimait toujours, que sa vie était misérable sans moi. Que lui et moi, on était inséparables !

La cafetière m'indiqua que mon café était prêt. Je l'éteignis et revins en courant à mon ordinateur. Je n'avais plus besoin de café, j'étais assez excité.

… Mon père et ma mère se faisaient une sale guerre dans une procédure de divorce interminable. J'avais envie de me faire exploser la tête et oublier un moment les problèmes de

la maison. Ce soir, je bus comme un trou et fumai comme une cheminée.

Après trois heures, je me sentais malade et ne pouvais plus tenir debout. Mon ex alla me coucher dans la chambre d'ami. Je me souviens que j'ai senti ses mains me toucher.

Au réveil, je ne savais pas combien de temps j'avais dormi, ma culotte était mouillée. Un filet de sperme s'en échappait. Le temps de réaliser avec consternation ce qui m'était arrivé. Je me sentais souillée et trahie.

Après son acte, le salaud s'était endormi à côté de moi. Je le saisis par la tête et le giflai de toutes mes forces. Il se mit à genoux en me suppliant de lui pardonner. Selon lui, ce n'était pas grave comme ce n'était pas la première fois qu'on couchait ensemble.

Deux mois plus tard, un test de grossesse révéla que j'étais enceinte. Pour ajouter l'insulte à l'injure, le type m'ignorait et me fuyait. Il me dit qu'il ne voulait pas de cet enfant. Il me dit que si j'avortais, il reviendrait à moi et n'aimerait que moi seule.

Mon téléphone sonna. Je le coupai sans daigner regarder la personne qui appelait.

… L'avortement fut une expérience difficile que je n'oublierais jamais. Après trois semaines de saignement et crampes, j'eus une infection qui me rendit ma vie misérable. Je me sentais triste et en deuil. J'avais l'impression de ne plus exister.

Mon petit con de copain ne passa à la maison qu'une fois, pendant 20 minutes, pour s'assurer que j'avais avorté. Il se cassa avec sa nouvelle conquête pour l'Australie faire des études en interprétariat.

Et quand je suis tombée enceinte de toi, que d'autre pouvais-je faire ? Revivre le même cauchemar ? Non merci.

Pourtant, ma grande sœur réussit à me convaincre d'essayer la méthode médicamenteuse et rester à la maison. Juste un ou deux comprimés et c'est fini, m'avait-elle dit ! Plus d'hospitalisation, d'anesthésie ni de douleur abdominale de la 1ère fois. Elle me confia qu'elle avait elle-même essayé la méthode. Selon elle, rien à comparer avec la méthode chirurgicale où le médecin aspire le fœtus.

Les choses furent plus compliquées que prévu. À peine le 1er comprimé avalé, mon corps fut secoué par des vomissements et de sueurs froides. Des saignements, pas beaucoup comme la 1ère fois, s'en suivirent immédiatement. Plus rien. Et le tour était joué.

Plus d'un mois plus tard, mon médecin traitant me demanda de faire un test de grossesse après une période de faiblesse. Positif. J'étais toujours enceinte ! Pire, j'avais deux bébés dans mon ventre. Inconcevable, je n'avais jamais eu de rapports sexuels après l'avortement !

Dans ses propres mots, le médecin m'expliqua que pour 1 sur 1000, l'avortement par médicament n'est pas effectif. Mon gynéco était formel. Mes jumeaux étaient intacts, ils n'avaient pas été affectés par la tentative d'avortement. Cette fois, j'étais prête à les garder, peu importe le prix à payer.

Le coup terrible vint à la naissance. L'un des jumeaux était déjà mort au moment où il sortit de mon ventre, seule Emma survécut. C'est une combattante. Elle s'était accrochée à la vie et s'était battue jusqu'à la naissance. Mon monde faillit s'écrouler. Pourtant, je parvins à rassembler les morceaux et à me reconstruire.

À vrai dire, je n'avais jamais imaginé que ça m'arriverait encore une fois d'avoir une grossesse non désirée.

Lorsque ma grande sœur nous surprit dans ma chambre, elle alla tout raconter à maman. Cinq ans auparavant, elle avait été victime d'une agression en rentrant à pied à la maison. Elle n'avait que 16 ans. Un soir d'octobre, un homme avec une capuche...

Mon téléphona sonna encore. Cette fois, je décrochai :

-       Salut, Jean Claude, tu m'as appelé ? fit Anders à l'autre bout.

-       Je voulais te demander… les mots me manquaient.

-       T'es sûr que ça va ? Comment a été ta journée ?

-       Très longue. Elle a commencé très tôt, plutôt mal. Mon fils était malade. Tu peux venir me voir ? J'ai besoin de ton aide.

-       Il est 20 h et je suis en train de conduire en venant Oslo. Je suis à une heure et trente minutes de chez toi, je crois.

-       Tu pourras dormir chez moi.

-       Et ma famille ?

-       Ils comprendront.

… lui avait sauté dessus avant de la violer. Elle ne s'en est jamais remise. L'agresseur, de couleur noire selon la victime, n'a jamais été arrêté jusqu'à ce jour. Ma sœur a gardé une dent contre les étrangers. C'est elle qui m'a poussée à...

J'ai été une sale lâche de l'écouter. J'étais jeune et immature. Et quand on est jeune, on entend beaucoup de choses. Je me suis retrouvée en face de beaucoup de chemins divergeant et je ne savais pas lequel choisir. J'aurais aimé ne pas avoir de choix du tout.

Lorsque j'ai appris que j'étais enceinte de toi et que t'étais en prison, j'ai commencé à mon désintégrer. J'avais envie de mourir. Mais je me suis rappelé que si je ne devenais pas forte, je pourrais perdre mes jumeaux. J'ai voulu retirer la plainte, mais ma sœur m'a dit que c'était trop tard.

La grossesse et l'accouchement ont tous les deux été très difficiles. Je te passe les détails, ça pourrait faire l'objet d'un film. À mille occasions, j'ai souhaité que tu sois là. Pour voir les jumeaux bouger dans mon ventre, couper le cordon ombilical ou bercer Emma quand elle avait la fièvre.
MAINTENANT, je te demande de me pardonner. Oui, pardonner l'impardonnable, ça existe ! Je t'en supplie, offre-moi la chance de prouver au monde entier que le pardon est possible !
J'espère te lire très bientôt...
Ch.
P.S. Je ne regrette pas ce que j'ai fait cette nuit du 19 avril. Si c'était à refaire, j'en referais plus. Pour moi, tu es toujours ma salade préférée !

Après une courte visite aux toilettes, Anders s'installa en face de moi, mains jointes sur son ventre et bien assis dans son fauteuil. Anders, c'était l'aumônier de l'Armée du Salut que j'avais connu en prison quelques mois auparavant. Il était devenu mon conseiller personnel.

- Que puis-je faire pour toi, mon ami ?

Je lui tendis simplement l'email de Charlotte. Mes yeux suivaient les mouvements de ses yeux et ses expressions faciales.

- Tout ce je peux dire, je suis agréablement surpris. Quelle tournure ! La nuit porte conseil. Allons dormir, on se retrouve demain après notre jogging matinal.

Ma nuit fut très agitée, mon sommeil fragmenté. Je ne parvenais pas à me détacher de mes pensées de la journée. Je me tournais et me retournais pendant des heures. Au réveil, je n'étais pas bien reposé, mais après le jogging de 5 km et la douche, je me sentais frais comme un gardon. Anders prit la parole.

-	Bien réfléchi, je pense que la pauvre fille mérite que tu lui pardonnes.

-	Facile à dire, tu ne sais pas ce que j'ai enduré. Toi, tu venais et partais. Tu n'as jamais passé une nuit en prison.

-	Je m'imagine que c'est dur. Je sais aussi que c'est plus facile de demander le pardon que de le donner.

-	J'en sais rien.

-	Elle regrette ce qu'elle t'a fait. Elle a pleuré beaucoup de fois. Mais malheureusement, les regrets et les larmes ne peuvent pas effacer ce qui s'est passé. Tu sais, recommencer est certes impossible, mais pardonner est possible…

-	[…]

-	… quand je te regarde, je vois une grande amertume. Tu as le choix entre deux possibilités. Pardonner et te libérer de cette dette de la haine ou passer toute ta vie à grincer les dents.

-	Dans ce cas, je choisis la 3ème possibilité. Je ne me pardonnerais jamais de lui avoir pardonné.

-	Justement, le pardon excuse l'impardonnable. Et pardonner ne signifie pas tout oublier. Il faut seulement oublier les mauvaises choses et pas les leçons apprises.

-	Qu'est-ce qui dit que l'enfant est effectivement de moi ? Je n'en serai pas si sûr avant d'avoir fait un test de paternité.

-	La mère sait sans doute que c'est facile de découvrir le père.

Je sentais que ce que disait Anders avait du sens. Mais le moment de pardonner n'était pas encore venu.

Que répondre alors à la fille ? Ce que je sentais.
Merci de ton email,

Au cas où tu ne le savais pas, je ne suis pas autorisé par la loi à communiquer avec toi. Pas de téléphone, SMS ou email. Tu es un excellent stratège, tes embuscades sont parfaites. Pour le pardon, c'est plus facile de le demander que de le donner. Il faut donner du temps au temps. Même si le temps ne guérit pas toutes les blessures, la douleur diminue avec le temps.

J. c

Et dix minutes plus tard...

Ne t'en fais pas pour l'interdiction. Elle ne s'applique pas lorsque c'est moi qui prends le contact.

De plus, je pense qu'Emma a le droit de connaitre et de voir son père. Personne ne peut l'en empêcher.

C'est sûr, le temps fera son travail. Le plus important pour moi était que tu saches que je m'en veux depuis ce jour et j'ai besoin d'être libérée.

Mon cœur n'est pas complet, ton cœur lui en a déchiré un morceau et est parti avec. Je n'ai d'autre choix que de le lui reprendre. C'est pas ma faute, tu m'as laissé entrer dans ton cœur et tu m'as fait goûter au bonheur d'y être. Tu ne vas pas me foutre dehors à cause d'une seule erreur, donne-moi une seconde chance. Tout le monde peut faire un faux pas. Juge-moi par ce que je suis, mais pas ce que j'ai fait !

Ch.

4

Orage nocturne

Emma arriva par train, accompagnée de l'amie de sa mère. Les deux premières heures, elle resta collée à la femme. J'avais l'impression qu'elle m'en voulait pour ne pas être entré dans sa vie plus tôt.

Après lui avoir présenté ses frères, j'avais espéré que les choses changeraient. Mais rien. Pourtant, j'étais décidé à être doux et patient. J'étais conscient qu'il ne fallait pas en faire trop. Ne pas être très attentionné, plutôt lui laisser un peu d'espace autour d'elle.

Son grand-frère jouait avec ses voitures et son petit-frère dessinait *Mickey Mouse*. Tout d'un coup, Emma émergea de nulle part.

- Moi aussi j'aime dessiner !
- Viens t'asseoir ici à côté de moi, osai-je timidement.

Assise avec les autres sur le tapis, sa gêne disparut rapidement. Sans nul doute, cette fillette était mon sang ! Elle avait le nez et la bouche de ma mère. Je m'en voulus pour ne pas avoir été là pour elle lorsqu'elle prononça son premier mot, lorsqu'elle fit son premier pas ou son premier jour au jardin d'enfants. Elle était la fille que tout le monde dans notre maison avait toujours désirée.

Emma devait rester avec nous quatre jours. Elle s'était intégrée sans difficulté. Une importante pièce du puzzle avait été trouvée. Au troisième jour, les services météorologiques avaient émis une alerte de tempête, tout le long de la côte sud-ouest de la Norvège.

Afin de profiter au maximum du séjour d'Emma, tous les quatre dormions dans la même chambre, la mienne. Malgré la nuit orageuse, tout le monde sombra dans un sommeil profond. Dans un rêve lointain, nous étions tous les quatre dans un bateau lorsqu'il se mit à pleuvoir subitement. Notre bateau affrontait une tempête violente. Il grimpait des vagues monstres et tombait dans des creux qui voulaient l'engloutir. Il résistait contre des rafales de vent tentant de fracasser les fenêtres lorsque soudainement une grande explosion se fit entendre.

En regardant autour de moi dans la réalité, je ne vis rien. Je ne pouvais rien voir. Aucune lumière en vue. Le courant avait été coupé. Dehors, les grondements des tonnerres alternaient avec les éclairs déchirant le ciel.

Sur la pointe des pieds, je pris ma lampe torche. Mes enfants étaient toujours endormis. C'est dans des moments pareils, que très souvent l'envie de redevenir enfant me prenait. Je me rendis à l'étage inférieur pour voir ce qui se passait.

Oh non, quelle horrible scène ! Au salon, tout était sens dessus dessous. Deux fenêtres avaient été arrachées et l'eau entrait dans la maison. Mon pommier déraciné s'était écrasé sur le toit du garage. Décidément, le ciel était très en colère ce soir-là ! Avant de constater les dégâts en entièreté, le bruit des cinq détecteurs de fumée en réseau perfora mes tympans. Il ne manquait plus que ça, un incendie !

Avant toute autre chose, sauver les enfants. Ils ronflaient toujours. À l'aide de l'échelle de secours, je les mis tous en sécurité chez le voisin. Bon voisin, il m'aida à appeler les pompiers. Je devais retourner dans la maison sauver une mallette qui contenait mes documents les plus importants. Je savais où elle se trouvait. Une fois à l'intérieure, une colonne de fumée se dégageant du compteur électrique détourna mon attention. Je saisis l'extincteur pour faire taire les crépitements à l'intérieur, quand un coup de tonnerre fit exploser la maison en un bruit étourdissant.

5
Solidarité secrète

Au bout de trois mois d'hospitalisation, ma jambe cassée par une poutre était complètement guérie. Les médecins étaient d'accord pour me laisser partir. Vers où ? On m'avait montré les photos de notre maison totalement détruite par les flammes. Le malheur ne vient jamais seul, nous avions perdu tous nos biens.

Anders m'avait rassuré avoir mis à notre disposition une maison, le temps de nous refaire une vie.

Le jour de sortie d'hôpital, Anders était venu me conduire à la maison, avec toute ma famille. Son minibus Mercedes Vito entamait le dernier kilomètre lorsque je me rendis compte que la route m'était familière. J'avais le sentiment d'être partie depuis 2 ans.

- Ça ne doit pas être loin de là où nous habitions avant, le questionnai-je ?

- Non, c'est dans les environs.

- J'ai envie de voir ce qui reste de notre maison, pouvons-nous passer par là ?

- Absolument !

On était arrivé, notre boîte aux lettres verte était intacte. Je ne compris rien. Pas de trace de notre maison ni de ses vestiges. Je m'attendais à voir une maison en cendres, mais ce fut plutôt une maison neuve et moderne qui était là. Sa femme ne me laissa pas poser plus de questions. Elle jaillit de la maison et vint à notre rencontre.

- Soyez les bienvenus chez vous !

- Anders, tu peux nous expliquer ce qui se passe ici !

- Ce qui se passe, c'est que… c'est votre maison.

Je n'avais pas de mots. Mon cœur avait envie de sauter en l'air et danser.

-       Quand votre maison a brûlé, un groupe de six personnes se sont dit qu'il fallait faire quelque chose. Ils ont créé une caisse de solidarité et ouvert un compte bancaire. La réponse fut massive. Plus de 100 personnes ont contribué de près ou de loin à la construction de la maison.

-       Je ne parviens pas à y croire, c'est l'un des plus beaux jours de ma vie.

-       Mais le contributeur principal souhaite rester anonyme. Elle dit avoir été très touchée par votre histoire.

-       *Elle* ? C'est une femme ? Nous sommes très touchés par votre générosité. Merci n'est pas assez fort pour exprimer notre gratitude.

6

Sentiments incompréhensibles

Notre nouveau logement rayonnait de confort et de modernité. La cuisine et la salle de bain étaient un rêve qui devenait réalité. C'était évident qu'elle était en matériaux robustes et de qualité. Pas besoin de toucher à la maison avant une bonne dizaine d'années.

Anders avait tenu à garder secret le nom de la femme. Tout était parfait jusqu'au jour où Emma se tordit la cheville et me fila un indice sans le savoir. Sous prétexte de dire à sa mère qu'elle resterait chez nous quelques jours supplémentaires, j'en profitai pour la remercier.

-	Ne t'en fais pas, c'est pas grave. Je sais comment soigner une foulure, j'en ai souvent. Oh, j'allais oublier de te dire merci.

-	Merci de quoi ?

-	De ta générosité.

-	Qui t'a dit ?

-	Un secret partagé avec un enfant est un secret mal gardé.

-	Comment vas-tu maintenant, tu nous as fait peur ? Elle avait un ton inquiet.

-	Je pense de temps en temps à ce qui est arrivé, mais ça commence à devenir un cauchemar lointain.

-	La dernière fois que j'ai vu ton visage, il avait l'air très pâle.

-	Ah bon, tu es venue à l'hôpital ?

-	Chaque jour avant ta sortie du coma.

Ainsi donc elle était restée à mon chevet chaque jour ! Ça expliquait peut-être la présence de la femme que je voyais toujours prendre soin de moi. Et dire que j'avais développé une relation personnelle avec elle ! Était-elle la mère d'Emma ?

-       Puis-je te poser une question ? As-tu un tatouage de dauphin sur ton corps ?

-       Il est seulement vieux de 2 ans. Comment l'as-tu vu ? Et pourquoi la question ?

-       Non, comme ça, par curiosité !

-       Juste ça ?

-       Euh… ne quitte pas, Emma veut te parler.

-       Maman, je peux aller à la page demain avec Coco ?

-       Ta cheville ne te fait pas mal ?

-       Ben… non !

-       Alors, s'il fait beau, pas de problème !

Une chose devenait claire, la femme qui m'avait envouté pendant mon coma était la mère de ma fille. Mon cœur et mon cerveau n'émettaient pas sur la même longueur d'onde. Rien d'étonnant, ils étaient très rarement d'accord. Mon cœur avait des sentiments forts envers cette femme. Il ne voulait pas la lâcher, il s'accrochait à elle. Il se foutait du passé et du risque de se faire mal.

La confirmation de cet attachement s'était produite à l'hôpital en un beau rêve dans un autre univers. Après un bain, je voulais remettre ma chainette au cou. Cette femme me proposa de l'aide. Lorsqu'une mèche de cheveux effleura mon cou, tout mon corps fut secoué par une décharge électrique.

Mon cerveau trouvait cet amour impossible, tout au moins très difficile. Je ne l'avais pas vu naître et espérais, sans me l'avouer, ne jamais le voir mourir. Il devait être un de ces amours exceptionnels sans début ni fin.

Comme convenu, toute ma famille se rendit à la plage. Emma avait choisi *Solastranden*, une plage située juste à côté de l'aéroport de Stavanger, au bord de la mer du Nord. À mon avis, elle était l'une des plages les plus belles d'Europe. Longue de plus de 2 km de sable blanc, on peut y faire des activités variées : marche, jogging, natation, surf ou Beach volley.

La chaleur était au rendez-vous, ce jour de juillet. Mon fils me taquinait que j'étais noir comme du charbon, je n'avais pas besoin de bronzer plus. À moins de vouloir me transformer en un panneau solaire, je ne pouvais pas prendre le risque de m'exposer en plein soleil de midi.

De mon parasol où personne ne pouvait me voir, j'observais mes enfants qui couraient dans tous les sens. Sans rien manquer du spectacle autour de moi. Surtout ces personnes qui se pavanaient dans leurs corps d'été en bikini, fières de se livrer aux regards de la plage.

À ma gauche, un couple d'amoureux semblait s'amuser dans la bonne humeur. Pendant que l'homme appliquait la crème solaire sur le dos de sa compagne, celle-ci lui écrivait des mots dans un cœur dessiné sur le sable. Avant de partir, l'homme alla faire un dernier plongeon dans l'eau pendant que sa compagne essayait d'enlever son maillot de bain, en s'enveloppant dans une serviette. Elle aurait dû d'abord enlever le sable collé sur son ventre plat comme un mur. Un maillot mouillé n'est pas facile à retirer, je détournai les yeux pour ne pas voir plus que je ne devais.

Le soleil tapait de plus en plus fort. Derrière mes lunettes de soleil, mon regard naviguait d'un coin à l'autre. Mais où était passée Emma ? Elle devait être partie pendant ma minute de distraction. De peur de perdre deux enfants en cherchant un, je confiai mes deux garçons à une femme qui me demandait la raison de mon affolement. Me diriger vers la gauche ou la droite, c'était pareil ! Et devant, c'était la mer. Elle n'aurait pas pu parcourir les 50 m sans qu'un adulte la voie.

Après avoir fait 60 m à gauche, je pris la décision de retourner au parasol et prendre l'autre sens. Je devais la retrouver sinon sa mère allait me tuer de ses propres mains. Pour compliquer les choses, mes deux autres enfants étaient terrifiés et pleuraient. Avant de continuer la recherche, je devais les réconforter pour qu'ils se sentent en sécurité.

- Papa, regarde qui j'ai trouvé, fit Emma en tenant la main d'une femme en bikini et portant de grosses lunettes de soleil Ray-Ban.

- Emma, tu nous as fait peur. Où as-tu été ?

- C'est pas ma faute. En jouant, j'ai vu Miko et j'ai su que maman était ici.

- Qui est Miko ?

- Le chien de maman.

J'avais raison de ne pas reconnaitre sa mère. Je ne l'avais jamais vue dans cette tenue. Elle portait un bikini brésilien en deux pièces qui lui donnait une silhouette de mannequin. Elle paraissait 5 ans de moins que son âge.

J'eus envie de me mettre à genoux et lui faire part de mes sentiments. L'endroit était mal choisi.

7

Télépathie

Aussitôt arrivé à la maison, je me mis à préparer le dîner. Après quelques minutes, je n'en pouvais plus. J'avais une sensation de vivre dans un monde irréel en regardant ma vie défiler devant moi. Pour combien de temps encore allais-je garder secrets ces sentiments en espérant que ce je vivais n'était pas réalité ?

Soudain et sans comprendre pourquoi, quelque chose me poussa à agir.

Chère Ellinor,

Je ne sais pas ce qui m'arrive. Mon corps m'échappe. Je ne mange plus, je ne dors plus…

Ça sonnait adolescent. Mon email fut plutôt envoyé à mon ami Anders. Sa réponse vint après dix minutes.

Cher ami,

Je ne suis pas médecin, mais on dirait que tu souffres de la maladie d'amour. Le remède, c'est de lui dire.

Je pris mon téléphone. Mon cœur se mit à battre la chamade.

Slt, je dérange ?

Pas du tout, pourquoi tu dérangerais ?

Le type qui était avec toi à la plage est… toujours là ?

Pourquoi ? Mon cousin n'habite pas chez moi. Il voulait juste m'accompagner à la plage… C'est pour ça que tu écrivais ?

« Ouf, il m'avait fait peur pour rien ! »

Non, j'ai plus à te dire…☺

Chut ! Ne dis rien, y a des choses pas besoin de dire. Dis-moi, tu crois en télépathie ?

Seulement en amour !

222

Y'a 10 minutes, je pensais à toi. J'avais pris la décision de t'appeler pour te dire que...Et au même moment, tu m'écris pour me dire exactement la même chose.
[...] Dis-moi, tu t'y connais en maison, toi ?
   1 peu.
Ça te dirait de m'accompagner demain à 11 h voir un appartement sympa que je veux acheter ?
   Avec plaisir ☼

8

Retrouvailles

L'appartement se trouvait dans la ville de Bryne, à une cinquantaine de kilomètres de chez nous. Construit six mois plus tôt, elle avait tout ce qu'une personne pouvait exiger d'un appartement moderne.

Situé au 4ème et dernier étage, il offrait une vue fantastique. La visite commença par l'extérieur, le balcon vitré décoré par des plantes.

D'un côté, on pouvait voir le « gratte-ciel » *Forum Jæren* qui dominait le *skyline* de Bryne. Fort de 20 étages et haut de 66 m, il était parmi les plus hauts bâtiments de Norvège. De l'autre côté, les plaines verdoyantes s'étendaient jusqu'à l'immense mer du Nord. On pouvait aussi apercevoir en bas l'aire de jeux pour enfants et au loin les longues plages de sable.

Le design de l'intérieur conférait à l'appartement un aspect sophistiqué.

-     Que penses-tu de tout ça, me demanda Ellinor en s'effondrant sur le grand canapé modulaire

-     Rien à dire, c'est chic !

-     Vaut-il les trois millions de couronnes ?

-     Même plus.

-     Nous avons l'air d'un jeune couple qui veut fonder un foyer, fit-elle en détournant sa tête.

-     Tu sais, quand j'étais en prison, j'ai voulu te haïr, mais mon cœur n'y arrivait pas. Il refusait d'avancer dans cette direction, un peu comme un cheval à qui l'on demande de foncer vers un incendie.

-     Tu n'as pas encore répondu à mon email.

-     Je t'ai pardonnée depuis longtemps. Comment te refuser mon pardon alors que tu regrettes ? L'erreur est humaine et tout le monde mérite une 2ème chance.

-       Ces quatre dernières années, j'ai beaucoup souffert et je n'avais personne pour m'aider, cette phrase me donna un pincement au cœur.

-       C'est fini maintenant, je suis là, tu peux me faire confiance.

-       J'ai toujours su que je te reverrais. Même au pire moment, un sentiment mystérieux me poussait à avancer vers toi. Tu as laissé une marque dans ma vie en gravant ton nom dans mon cœur.

-       Tu sais, ce sentiment pardonne tout et excuse tout. Il est la réponse à toutes les questions, la solution à tous les problèmes.

-       Quand je te regarde, mes yeux se figent sur toi. Je m'oublie et tout disparaît. Mon passé s'efface, mon futur s'impose et me donne envie de t'appartenir de plus en plus.

Cette fois, elle ne put plus se contenir. Elle éclata en sanglots. Je l'attirai contre moi pour la consoler. Sa joue effleura la mienne et je pus goûter à ses larmes. Elles étaient des larmes de joie, elles avaient le goût du bonheur.

Tout près de moi, à côté de moi sur le canapé, je la sentais pleine de passion. Sans paroles, nos regards en disaient long. Le toucher devint le seul moyen de communication.

Une envie érotique tout à la fois indescriptible et irrésistible me prit. En silence, Ellinor m'invita à relever le défi face à nous. Elle se renversa sur le canapé, mais se ravisa. Elle me traîna plutôt jusque dans la chambre principale, sur le lit somptueux bien fait.

-       J'ai pas de préservatif, parvins-je à dire.

-       On s'en fiche, nos corps se connaissent déjà !

La suite nous appartenait. Et pour la 2ème fois en 5 ans, elle me révéla son trésor. Je voulais m'éterniser dans chaque mm^3 de cette euphorie qui m'engloutissait. Puis pendant une demi-minute, rien n'avait plus de sens, rien n'existait, à part mes entrailles qui vibraient. Tout mon être explosa à la déflagration du feu d'artifice qui s'en suivit. Plus rien que des projectiles, des chandelles multicolores, des étoiles scintillantes et puis, la bombe finale ! On mourut en même temps, mais je fus le premier ressuscité.

En apercevant le gratte-ciel « *Forum Jæren* » et les gigantesques éoliennes au loin, je pris conscience de la réalité.

-      *Hei baby*, l'agent immobilier risque de venir chercher sa clé !

-      J'pense pas, fit une voix à moitié éveillée. Puis, ce que nous venons de faire n'est pas interdit par la loi. Peut-être sur une place publique ?

-      Sacrée Ellie, tout ce qui n'est pas interdit n'est pas permis !

Une idée me vint en tête.

-      As-tu vraiment besoin d'acheter cet appartement, nous avons assez de place chez nous pour toi et Emma ? Elle ne fit aucun commentaire.

Derrière un rocher

Une semaine s'était écoulée et je m'étais bien préparé pour ma revanche. Ellie, comme je l'appelais désormais, m'avait fait une surprise. Il fallait lui rendre la pareille.

Je lui avais demandé de m'accompagner en randonnée pour *Preikestolen*. Pour qu'elle ne se doute de rien, j'avais demandé à Anders de venir avec nous. Sa femme était notre baby-sitter du jour. Nous avions prévu, quatre heures de marche pour l'aller-retour et une heure pour explorer le rocher et les environs.

Une fois sur l'immense rocher, Anders s'éclipsa. Il connaissait tout le plan. Ellie s'assit sur la falaise, en balançant ses jambes dans le vide.

- Je suppose que tu sais que la falaise est haute de plus de 600 m, murmurai-je en m'approchant d'elle prudemment.

- Je sais. Le secret, il ne faut pas regarder en bas.

- T'as pas entendu le touriste qui est tombé en prenant des photos.

- Il n'était pas certainement du coin.

- Et si la falaise s'écroulait ?

- Je vois que tu ne connais pas la légende. Elle dit que cela ne se produira pas avant que sept sœurs n'épousent sept frères de la région.

Rien d'étonnant, le plateau grouillait de monde à cette heure de la journée. C'était impossible de réaliser mon plan. On put trouver un petit endroit paisible derrière un rocher, environ 4 m^2.

- Ellie, j'ai envie de faire pipi. Je peux te bander les yeux ?

Quand elle ouvrit les yeux, je tenais une petite pancarte :

« Ellie, veux – tu m'épouser ? »

En guise de réponse, elle tomba à genou.

-       Oui, je le veux. Je le veux depuis longtemps, je sentais son cœur battre.

-       Je ne peux plus supporter de te voir si loin de moi. Je veux te trouver à côté de moi à chaque réveil, le mien battait plus fort.

-       Tu es tout ce dont j'ai besoin. Tu es le seul homme en vie que mon cœur désire. Près de ton cœur, je veux rester toute ma vie.

-       Ellie, nous serons d'éternels fiancés, tes défauts seront des qualités à mes yeux.

-       Mon JC, mon cœur est en feu et je veux révéler ma flamme au monde entier. Je ne peux plus continuer à cacher la fumée alors que ma maison brûle.

Elle fit une pause. Ses yeux se mouillèrent. Par l'odeur et le goût de ses larmes, je pus deviner la nature de ses pensées. Elles étaient amères. Elle continua.

-       ... j'ai toujours été en prison avec toi. J'avais peur de ne plus te revoir. Maintenant, t'es devenu mien. Toi seul as réussi à faire battre mon cœur et je me battrais contre tout pour nous rendre heureux. Je suis prête à te suivre partout, j'ai tout abandonné sans regarder derrière.

-       ... personne d'autre ne mérite mon cœur, toi seul le possèdes. Il a fait le tour du monde et s'est figé sur toi.

On resta là encore un moment, contents d'avoir fait un bond vers cet inconnu, le mariage. Dans mes bras, je sentais Ellie en sécurité. Elle était là, irrésistible et courageuse. Pas besoin de prétendre être une autre personne, ni mettre un masque.

10
Leçon d'amour

Anders avait mis à notre disposition un local à l'Armée de Salut Stavanger afin de fêter le 5ème anniversaire d'Emma. Le beau temps n'était pas au rendez-vous ce samedi de mi-juin. L'été était en retard d'un mois cette année. Au moins, la nuit ne tombait pas avant minuit. Mais bientôt, le jour allait commencer à se raccourcir de quelques minutes.

Emma était aux anges, tout ce monde venu juste pour elle. Nous avions invité plus de 50 personnes y compris les parents d'Ellie, les amis d'Emma et beaucoup de mes amis. Le moment de passer à l'acte arriva, chacun était occupé avec son dessert. Ellie s'excusa pour aller aux toilettes et me fit signe de la suivre.

Quinze minutes plus tard, Ellie et moi fîmes irruption dans la salle, marchant gracieusement au rythme de « *Here Comes The Bride.* » Et toute l'assemblée fut prise d'une hystérie collective. La mère d'Ellie, toujours en état de choc, s'approcha de nous :

-       Quelle jolie surprise ! Je suis fière de vous, mes enfants. Merci de cette leçon sur le pardon.

Son père par contre, nous barra la route.

-       Attends mon fils, je vais te donner la main de ma fille solennellement.

Tandis que j'attendais à côté du ministre, Ellie et son père, main dans la main, avancèrent vers nous. Il prit la main de sa fille et me l'offrit en guise d'approbation de notre union. Seules trois personnes étaient au courant de notre projet de mariage : Anders, Ellie et moi. On n'avait pas osé le dire aux enfants de peur que ça se sache le même jour.

Après l'échange de consentement officié par Anders, je vis ma femme se lever sans me dire où elle allait. En l'espace d'une seconde, je compris la suite. Avec sa voix tant majestueuse que sensuelle, elle entonna *At last*. J'ignorais qu'elle chantait si bien, chanter lui donnait des airs d'une princesse mystique.

Lorsqu'elle arriva à « *a dream that I could call my own* », je ne pus plus me contenir. Une larme chaude coula sur ma joue.

Nous étions enfin mariés. Finis mes jours solitaires !

Trouble-fête

Après six jours de mariage, la malédiction frappa encore. Cette année, la saison pollinique avait été très longue. À cause des éternuements violents, des démangeaisons des yeux et un nez qui coulait, nous avions dû écourter notre promenade familiale.

Je rinçais mon visage pour me débarrasser du pollen lorsque quelqu'un frappa à la porte. Deux policiers en uniforme me regardaient de façon étrange.

- Vous êtes accusé d'avoir volontairement caché des informations sur le meurtre de votre ancienne collègue à la station-service Shell. Vous êtes prié de nous suivre. Voici le principal accusateur !

Presque instantanément, un troisième policier et Heidi, mon ex-femme, jaillirent du véhicule de police. En guerrier défiant, je la toisai avec mépris. Elle n'était plus que l'ombre d'elle-même.

- Salope, comment as-tu osé me faire une chose pareille ? D'où sors-tu juste pour ruiner ma vie ?

À la vue de mes mains menottées, Ellie, ma nouvelle femme, me regarda avec assurance.

- Tiens bon, nous allons nous en sortir cette fois aussi !

Grâce à un avocat compètent, ma peine fut seulement de six mois dans une prison ouverte.

Après cette épreuve, ma famille reprit la joie de vivre ensemble. Nos trois enfants, chacun à sa façon, épiçaient nos journées surchargées. Nous parlions même d'en faire un quatrième.

Mais le coup fatal, la malédiction finale, frappa notre famille en plein cœur. La maladie nous surprit tous et frappa au mauvais moment. Nous avions un grand projet de vivre le bonheur. La sclérose latérale amyotrophique, ce poison incurable, a rendu ma vie misérable. Depuis, elle est devenue une merde cruelle avec un goût amer qui ne quitte jamais pas ma bouche.

Épilogue

L a voie de l'infirmière me tire de mon film :

\- Bonjour monsieur, j'ai une enveloppe pour vous. De la part de votre femme.

Elle tient le bout de papier pendant que je le lis.

J'ai plein de choses que je pourrais t'écrire, mais personne d'entre nous n'a le temps à y consacrer. Dépêchons-nous de vivre avant la tombée de la nuit !

En me regardant dans le miroir ce matin, je fus accueilli par le reflet de mon ombre. En me regardant une deuxième fois, je vis ton visage. En regardant ton visage, je vis les visages de nos enfants. Ils me murmurèrent que le fils d'amour qui nous unit nous permettra de gagner tous nos combats.

Te souviens-tu du jour où nous nous sommes rencontrés ? Tu es tombé dans mes bras comme un cadeau du ciel ! Et le jour où nous nous sommes donné une deuxième chance, tu m'as dit que rien n'est impossible à celui qui aime.

Ce jour-là, tu brisas ma forteresse. Tu ouvris les portes de mon cœur et tu enfuis la clé dans tes entrailles, là où aucune maladie ne peut percer. La maladie pourra détruire ton corps, mais n'atteindra jamais ton cœur. Celui-ci m'appartient pour l'éternité.

Nous n'avons pas toute la vie, nous ! Nous devons vivre chaque jour comme si c'était le premier. Nous devons vivre aujourd'hui, nous avons gagné la bataille d'hier. Mais demain, je dois me battre pour toi, étoile de ma vie ! Nous nous battrons ensemble, nous sommes plus forts à deux, jamais je ne te laisserai te battre seul.

N'oublie pas que la joie est plus forte que la souffrance. Je veux que la joie de nous voir à tes côtés te fasse oublier la douleur de ta maladie. Oublions la vie et vivons comme si de rien n'était.

Vivons librement ! Je te suivrai partout, je serai avec toi, même au-delà de la fin. Et quand la musique se sera tue, je continuerai à danser au rythme de l'espoir. Quand je ne pourrai plus danser, ton être s'élèvera des ruines de la vie. Je m'envolerai alors vers toi et nous serons ensemble jusqu'à l'infini.
Ton Ellie pour toujours.
P.S : T'es toujours ma salade préférée.

FIN

© 2017, Guillaume Muringa

Edition : BoD - Books on Demand
12/14 rond-point des Champs Elysées, 75008 Paris
Imprimé par Books on Demand GmbH, Norderstedt, Allemagne
ISBN : 9782322137503
Dépôt légal : avril 2017